La plume de Marie

Conception graphique : Aude Cotelli
Couverture : Élodie Breda

ISSN : 1961-2001
ISBN : 978-2-36266-172-3
Loi n° 49-956 du 16 juillet 1949 sur les publications destinées à la jeunesse
Dépôt légal : août 2016

La plume de Marie

Clémentine Beauvais
Illustré par Anaïs Bernabé

talents hauts

Chapitre 1

Une grande nouvelle

Un cri !

Puis Mademoiselle Margot émerge d'un rideau de velours rouge, le visage tout aussi rouge, sourcils froncés, tenant à la main une chaussure. Cette seule et unique chaussure, c'est le drame de la matinée.

– Où est la seconde, Sophie ? Tu me l'as volée, encore une fois !

Mademoiselle Sophie, qui a appris à composer avec les humeurs volatiles de sa sœur aînée, hausse les épaules. Mademoiselle Margot trépigne, râle, fait trois tours sur elle-même. Monsieur Thomas passe la tête dans l'entrebâillement de la porte :

– Que se passe-t-il, ici ? Que t'arrive-t-il, Margot ? On ne s'entend plus parler avec ton vacarme.

– C'est Sophie ! Elle n'a de cesse de me voler mes affaires !

– Je n'ai rien fait du tout, affirme dignement Mademoiselle Sophie.

Monsieur Thomas souffle très fort en levant les yeux au ciel et claque la porte de la chambre. Vexée, Mademoiselle Margot se retient de respirer pendant au moins deux ou trois minutes, tandis que Mademoiselle Sophie continue tranquillement de vêtir sa poupée. Les joues déjà rubicondes de Mademoiselle Margot se gonflent de sang. Enfin elle abandonne la lutte et ses poumons se vident de leur air en un long et formidable sifflement. Quelques instants plus tard, le soulier manquant est déniché sous une armoire.

Nous sommes le 10 mai 1650, et ainsi commence une journée ordinaire au château de Rochecourt.

Je m'empresse de préciser que je ne suis pas amère, bien au contraire, d'avoir l'honneur de loger au château de Monsieur le baron et de son épouse,

dont la réputation d'inépuisable générosité outrepasse les frontières de leur immense propriété – et elle est véritablement *immense* : du haut de la plus haute mansarde, on aperçoit à peine la rivière qui délimite, au nord, la forêt domaniale. À la cour du jeune roi (d'après Suzanne, des cuisines), on ne parle qu'en bien de Monsieur et Madame, de leur famille et de leurs relations ; et il est très rare, de nos jours (toujours d'après Suzanne), que les gentilshommes et les dames de la cour ne trouvent pas à redire à une famille de la noblesse des environs !

J'ai eu la bonne fortune, à l'âge de trois ans, suite à la mort de ma mère, femme de chambre de Madame de Rochecourt, d'être recueillie par Madame qui s'était, je crois, prise d'affection pour moi. Monsieur le baron, dans sa grande générosité, ne s'étant pas opposé à ce choix, j'ai été élevée aux côtés de Mademoiselle Margot, partageant avec elle les boutades et les taquineries de Monsieur Thomas, de quatre ans notre aîné. Plus tard, lorsque Mademoiselle Sophie puis Monsieur Félicien sont venus au monde, Madame m'a généreusement proposé d'assister la gouvernante anglaise, Miss Ferguson, dans ses devoirs de garde et d'éducation des enfants. L'éducation importe beaucoup à Monsieur et Madame ; beaucoup plus, je dois dire, qu'à leurs enfants. D'excellents tuteurs en musique, peinture, langues étrangères et théologie fréquentent le château. Ayant assisté à toutes les leçons de Mademoiselle Margot, j'ai pu développer moi-même mon écriture, mes lectures, mon goût pour la peinture et ma connaissance du clavecin.

Quel privilège que de pouvoir, à onze ans et demi, lire et écrire comme une demoiselle quand on est fille de servante ! Comment donc pourrais-je manquer de ressentir une infinie gratitude, une fervente reconnaissance envers Monsieur et Madame, qui ont rendu ce miracle possible ?

Ce matin, Monsieur le baron, dont ce n'est pas l'habitude, a mandé* ses enfants, Miss Ferguson et moi dans son petit salon carré. Ses appartements sont situés dans l'aile nord du château, loin des chambres des enfants, afin qu'il ne soit point distrait dans ses sérieux travaux d'écriture par les rires et les hurlements.

Monsieur Thomas d'abord, puis Mademoiselle Margot, puis Mademoiselle Sophie, puis Miss Ferguson portant le petit Félicien, puis moi-même, entrons dans le salon carré. Monsieur le baron porte un élégant pourpoint* vert tendre à épaulettes, sur lequel vient s'écheveler sa barbe grisonnante.

– Bien, commence-t-il. Sophie, ne remue donc pas tant. Je suis heureux de vous trouver tous en si bonne forme. Comment vas-tu, Margot ?

– Bien, Papa, je vous remercie, mais…

– Très bien. Thomas ? Le cheval ?

– Je m'améliore, Père.

– Très bien. Miss Ferguson, font-ils des progrès en anglais ?

– *Yes, Sir*.

– Très bien. Très bien. Tout est bien, donc.

Monsieur le baron se gratte le menton.

– Je vous ai convoqués pour vous annoncer que nous allons recevoir un invité ces trois prochaines semaines, un homme de lettres, un ami qui a généreusement accepté notre hospitalité. Cet ami, c'est Monsieur Pierre Corneille.

Silence théâtral. Mademoiselle Sophie a trouvé une

coccinelle. Mademoiselle Margot et Monsieur Thomas hochent la tête, mais leurs yeux sont vides. Félicien somnole dans les bras de Miss Ferguson, qu'un tremblement de terre ne pourrait émouvoir. Quant à moi, mon cœur bat si fort qu'il me semble entendre son écho contre les tapisseries tendues aux murs, mais il serait indu de manifester mon enthousiasme.

– Eh bien, je vois que la nouvelle vous enchante, commente Monsieur le baron.

Si c'est d'enchantement dont Monsieur a besoin, je pourrais ouvrir la fenêtre et m'envoler à tire-d'aile au-dessus du grand parc. Mais le reste de la famille est de glace. J'ose :

– Monsieur, c'est une fabuleuse nouvelle. Je... J'ai peine à faire savoir à quel point...

– Bien, bien, mon enfant, coupe-t-il d'un ton ferme. Monsieur Corneille est un ami de la famille depuis fort longtemps. Nous sommes allés voir les premières représentations de ses pièces lorsque nous étions à Paris. C'est un homme d'un profond talent et d'une grande culture. Thomas, je souhaite que tu t'entretiennes longuement avec lui, sans bien sûr l'indisposer.

– Oui, Père.

– Qu'as-tu appris récemment ? Récite-moi donc un sonnet*.

Monsieur Thomas, les sourcils en accent circonflexe, commence à dodeliner de la tête, dans l'espoir, peut-être, qu'un sonnet passant par là s'insinue dans ses oreilles. Son père émet un grognement long et sourd comme un roulement de tambour.

– Tu ne connais aucun sonnet ?

– Père, j'en connaissais un, avec une rose, mais je pense que mes connaissances en géographie ont dû le remplacer dans mon esprit…

– Ce n'est pas une excuse, déclare Monsieur le baron. J'exige que tu apprennes six sonnets avant l'arrivée de Monsieur Corneille, et une tirade complète issue de l'une de ses pièces. Margot et Sophie, je veux vous voir apprêtées et coiffées, et parfaitement agréables, lorsque Monsieur Corneille arrivera. Et pas un mot s'il ne s'adresse pas à vous, c'est entendu ?

Les deux sœurs hochent la tête, l'une caressant toujours sa coccinelle, l'autre tiraillant la lanière de sa chaussure. Monsieur le baron se tourne enfin vers moi.

– Marie, dit-il, tu assisteras Margot et Sophie dans leurs préparatifs. Mais je te prierai de bien vouloir te retirer lorsque Monsieur Corneille arrivera, et de rester hors de son chemin durant son séjour. Tu entends bien, j'en suis certain, qu'il vient ici pour passer du temps avec la famille, et les possibles indiscrétions des servantes pourraient manquer de le mettre à son aise.

Il fait un temps superbe lorsque nous sortons, quelques minutes plus tard, dans le grand parc. Le ciel est fendillé de quelques filins de nuages. Noyée de soleil, l'herbe fait des vagues dans la brise.

Miss Ferguson, qui observe que je ne me joins pas à une partie de colin-maillard lancée par Mademoiselle Margot, se penche vers moi et me murmure d'un ton perspicace, mouillé d'un épais accent anglais :

– Ma chère petite, la déception se lit sur ton visage en lettres majuscules. Mais que cela te soit utile. Quand bien même l'on pourrait croire faire partie de la famille, ce n'est jamais le cas. *Never, my dear child*. Tu es fille de servante, et si la générosité de Monsieur de Rochecourt t'a évité l'orphelinat, n'y vois jamais autre chose qu'un geste galant, en mémoire d'une mère honnête et travailleuse.

La gorge sanglée, je croise les yeux gris de Miss Ferguson. Dans la forte lumière, ils brillent froidement, comme des perles d'argent.

– Je ne suis pas déçue, Miss, réponds-je en tentant de rester digne. J'ai simplement mal à la tête.

Elle hoche la sienne avec un sourire peu convaincu et court empêcher Félicien de grignoter un pissenlit. Mon regard est voilé par les larmes, mais je prétends être aveuglée par le soleil pour aller m'asseoir sous un arbre.

– Tu ne veux toujours pas jouer ? Ce que tu es ennuyeuse aujourd'hui, Marie, se plaint Mademoiselle Margot. Il n'y a que toi qui aimes être colin-maillard !

C'est faux, je déteste être colin-maillard : l'incertitude, l'obscurité, les bruits dont on ne perçoit pas l'origine. Mais je sais que c'est un rôle que Mademoiselle Margot et Monsieur Thomas adorent me déléguer. Et à Rochecourt, je joue mon rôle.

Car de mon rôle dépend ma vie.

Acte I

MADEMOISELLE MARGOT
Miss Ferguson, je crois que je suis fatiguée,
Et mon piano s'oppose à être pianoté,
Et il est bon, dit-on, d'après tous les docteurs,
D'éviter les travaux d'histoire après seize heures.
Je m'en vais !

MISS FERGUSON
Les docteurs sont souvent évoqués
Par vos lèvres, *my child*, en parfaite santé.
Entrouvrez donc au moins votre boîte à ouvrage,
Et cousez, s'il vous plaît, trois longueurs de voilage.

MADEMOISELLE MARGOT
Mais c'est atrocement ennuyeux !

MISS FERGUSON
À votre âge,
Il convient d'être douce, obéissante et sage.
Votre maman voudrait des fillettes charmantes.

MADEMOISELLE MARGOT *(à part)*
Peste soit des parents et de leurs gouvernantes !

MISS FERGUSON
Et toi, que fais-tu donc, Marie, à la fenêtre ?
Tu écris ? Qu'écris-tu ?

Marie

Oh, mais rien – une lettre.

Mademoiselle Margot *(riant)*

Une lettre ! À qui donc ? Tu n'as personne au monde !

Monsieur Thomas

Mais l'imagination de Marie est féconde.
Elle doit s'inventer des amis, des cousins,
Des parents, des aïeux, des filleuls, des voisins,
Et prise comme elle est dans cette accoutumance*,
Consacre à ses visions une correspondance.

Marie

C'est – sauf votre respect, Monsieur Thomas – dit-on,
L'origine de tout article de fiction.
Tout auteur, il me semble, entretient d'indicibles
Conversations avec ses amis invisibles.

Mademoiselle Margot

« Tout auteur » ! Elle y croit ! *Auteur*, quelle merveille !
Tu pourras discuter avec Monsieur Corneille…
J'oubliais, tu n'es pas invitée, c'est trop triste !
Papa prive Monsieur Corneille d'une artiste !
Alors, qu'écris-tu donc ? Des comédies, des drames ?

Miss Ferguson

C'est une occupation qui ne sied pas aux dames.
Notre Marie le sait.

Marie

Cela me divertit.
D'autres dessinent, d'autres lisent, moi, j'écris.

Mademoiselle Margot

On n'écrit pas quand on est fille de servante.
On n'écrit pas, comme l'a dit la gouvernante,
Quand on est une dame honnête et distinguée.
L'aiguille est notre plume, et la soie le papier.

Marie *(à part)*

J'aime broder aussi, coudre ma vie plus belle,
M'imaginer auteur en étant demoiselle,
Tout Paris connaîtrait mes pièces et mon nom,
Sans s'offusquer que je ne sois pas née garçon.

Monsieur Thomas

Ces pièces de théâtre auront raison de moi !
Apprendre tout par cœur, comme le veut Papa,
C'est long, c'est accablant, et d'ailleurs, je m'indigne,
Quand Sophie et Margot n'ont qu'à jouer les cygnes,
À parader en robe et en souliers vernis,
Moi, il me faut prouver que j'ai beaucoup d'esprit !
C'est une vraie torture !

Miss Ferguson

Et un bon exercice.
Apprenez. Le baron sera fier de son fils,
Quand il déclamera devant Monsieur Corneille
Ses beaux et nobles vers.

MADEMOISELLE SOPHIE

Miss, Thomas a sommeil :
Regardez-le, le pauvre !

MARIE *(à Sophie et Margot)*

Oh, non, il fait semblant.
Mais quelle chance il a ! Si j'étais lui, vraiment,
Au lieu de sangloter que j'ai trop de travail,
Au lieu de larmoyer – et le voilà qui bâille –
Je profiterais bien du séjour de Corneille
Pour ouvrir mes yeux grands, et grandes mes oreilles
Et peut-être montrer que moi, je sais écrire.

MADEMOISELLE MARGOT
Mais tu es une fille, il ne pourrait qu'en rire.

(Rideau)

Chapitre 2

Vivre de sa plume

Suzanne des cuisines mélange vigoureusement une mélasse élastique à l'odeur aigre.

– Alors, j'entends qu'il y a un grand Monsieur *poète* qui va venir nous rendre visite ?

Je hoche la tête avec ferveur, me défaisant presque les os de la nuque.

– Ça a l'air de te plaire, ma petite Marie.

– J'ai hâte, Suzanne ; jamais je n'ai été aussi impatiente.

– Pas moi. Ça va me faire que du travail en plus. Et que ça va me demander de la soupe à la parisienne, et des rôtis à la parisienne, et des gâteaux à la crème à la mode de Paris…

– Comment est-ce, Paris, Suzanne ?

– C'est une infection quand on vit dans la rue. On piétine des rats dans tous les coins. Et puis il y a la Seine – la Seine qui pue comme la gueule d'un chien !

Annette, la fille à tout faire des cuisines, fronce le nez en sortant de petits pains ronds du four, où le feu craque et crépite. Elle intervient :

– Mais quand on est riche, c'est pas pareil ! Ah, ça, quand on est riche, on se montre… Au théâtre, à la cour, ma chère Mademoiselle, j'ai l'honneur de vous présenter monseigneur le Duc de Chapeaufourchu et sa fille, l'admirable Philippine-Mirandole aux mille rubis…

Elle me fait une révérence et un baisemain, et m'entraîne dans une gavotte* ébouriffante.

– Holà, un peu de calme, exige Monsieur Jean, l'intendant. Suzanne, voici la liste des plats à préparer pour l'arrivée de Monsieur Corneille…

Il débobine un rouleau de papier trois fois plus long que Suzanne.

– Vingt dieux, c'est pire que ce que je pensais, soupire Suzanne. Allez, Marie, remonte voir la famille ; il faut que je prépare… Lisez-moi donc, Monsieur Jean…

Monsieur Jean commence sa lecture, ponctuée

des commentaires de Suzanne, jusqu'à :

– … sept canetons aux pommes ! Il y en a qui vont bientôt se faire étrangler.

Je m'empresse de m'engager dans l'escalier avant que Suzanne ne décapite sous mon nez les petits canetons jaunes qui pépient dans la cour.

– Ah ! te voilà, Marie ! As-tu vu mon ruban ?

Mademoiselle Margot est assise dans un fauteuil tendu de soieries bleues.

– Quel ruban, Mademoiselle ?

– Mais celui qui va avec ma robe. Le petit vert clair.

– Ah, celui-là ! Non, j'ai bien peur de ne pas l'avoir vu.

(À part ce matin, entre les griffes du chaton gris.)

– Dieu ! Qu'il est fatigant d'avoir toujours à chercher les choses. Et d'être toujours obligée de faire ce que l'on vous demande… Maman exige que Sophie et moi soyons furieusement gentilles pour l'arrivée de Monsieur Corneille, cet après-midi.

– Je suis certaine, Mademoiselle, que la tâche sera aisée pour vous, dis-je en ravalant mon chagrin. Souhaitez-vous que je vous aide à nouer votre corset ?

– Quel intérêt, quand mon ruban a disparu ? Je ferais aussi bien de changer de robe. Qu'a-t-il de si particulier, ce Monsieur Corneille, de toute façon ?

– Il écrit des pièces dont tout le monde parle ; c'est un joyau du théâtre.

– Oh, Marie ! C'est toi, vraiment, qui devrais prendre ma place, car je déteste l'écriture et tu en es étrangement piquée.

Il est surprenant, je trouve, que les gens qui ont les plus belles choses ne cessent de souhaiter, vainement, aux autres de les avoir ; quant à nous, les autres, nous ne pouvons détacher notre regard de ces choses que nous n'avons pas.

– Si encore il écrivait des jolies choses ! soupire Mademoiselle Margot en lissant les plis de sa robe froufroutante. Mais tout est en vers. En *vers*, Marie ! As-tu déjà entendu quiconque parler en *vers* ?

– Non, Mademoiselle, mais…

– C'est bien mon propos. Les gens du théâtre se pensent intelligents de ne pas parler normalement ; pour moi, les mots non rimés me suffisent.

Elle attrape, sur la table, une clochette d'argent. Miss Ferguson, portant le petit Félicien dans ses bras, entre immédiatement dans la chambre.

– Miss Ferguson, il faut que vous me changiez, car quelqu'un a égaré le ruban vert clair qui va avec ma robe. Mettez-moi la bleue.

Miss Ferguson s'exécute et, tandis qu'elle passe la manche mousseuse de dentelle sur le bras potelé de Mademoiselle Margot, déclare :

– Marie, Monsieur Thomas doit apprendre une tirade de Monsieur Corneille. Est-ce toi qui as le livre ? Nous ne le trouvons pas.

Mon visage doit tourner au vermillon, car Mademoiselle Margot s'exclame :

– Diable, Marie, que fais-tu donc d'un *livre* ?

– Je le lis, Mademoiselle. Oui, c'est moi qui l'ai ; je vais le rendre aussitôt.

– Ma chère, on ne te demande pas de lire, déclare Mademoiselle Margot. Quelle idée, quand il y a tant d'autres choses à faire à Rochecourt !

– J'aime lire du théâtre et je ne crois pas que cela m'empêche d'apprécier d'autres choses de la vie.

Mademoiselle Margot, désormais drapée d'azur,

me lance un sourire dont j'ai du mal à percevoir le sens.

– Ma petite amie, j'espère que tu n'imagines pas pouvoir…

Elle s'interrompt, comme sur le point de commettre un blasphème, puis reprend, en chuchotant, les pommettes rosissantes :

– J'ai entendu Papa et Maman s'entretenir des… des dames *qui vivent de leur plume*.

Miss Ferguson décoche à Mademoiselle Margot un regard sombre. Je balbutie :

– Des dames qui vivent de leur plume ? Cela existe-t-il ?

– Oui, répond-elle précipitamment, bien que cela soit immensément rare – mais… mais ce sont des gourgandines*, Marie ! Des femmes de mauvaise vie. Papa dit qu'elles vivent seules, et qu'elles… reçoivent des visites !

– Mademoiselle ! s'indigne Miss Ferguson. Je ne crois pas que Monsieur votre père, s'il a eu une telle conversation avec Madame votre mère, désirait que vous l'écoutassiez ! Je vous prierais de chasser ce souvenir de votre esprit.

– Mais Miss Ferguson, comment le puis-je, quand il est si délicieusement choquant de penser à… à ces gigolettes*, écrivant et recevant dans leurs appartements particuliers ? Oh ! Quel scandale !

Et Mademoiselle Margot, scandalisée, pourlèche ses lèvres souriantes, tandis que Miss Ferguson emporte Félicien et ses chastes oreilles loin de sa sœur aînée.

– Saperlotte, Marie, imagine un peu que tu deviennes l'une d'entre elles ! Je dois dire que je n'oserais jamais te rendre visite ; ah, non, ce serait trop impropre !

– Ne vous tourmentez pas, Mademoiselle. J'ai trop de respect pour vos généreux parents pour les menacer de l'opprobre* d'une telle destinée.

– Je l'espère bien, ma chère petite amie, répond Mademoiselle Margot qui affiche tout de même une mine un peu déçue. Viens, aide-moi à me coiffer, car Monsieur Corneille arrive dans moins de deux heures.

Tandis que je tords sous mes doigts les boucles étincelantes de Mademoiselle Margot, je ne peux m'empêcher de repenser à ses paroles. *Vivre de sa plume*. Quel rêve étrange et magnifique, cet océanique engloutissement dans son écriture. Mais est-il seulement possible, comme elle l'a laissé échapper, qu'une dame se livre à cette activité ? Peut-on gagner son pain en rédigeant des lignes ?

Enfin, Mademoiselle Margot est prête ; elle enveloppe ses doigts ronds de petits gants de mousseline, fins comme une toile d'araignée, et se tourne vivement vers moi :

– Viens-tu m'accompagner au portillon ?

– Je dois aller rendre le livre à Monsieur Thomas ; il ne lui reste plus beaucoup de temps pour apprendre sa tirade.

Mademoiselle Margot hoche la tête et s'engage dans l'escalier. Je la regarde partir en tentant de contenir mon enthousiasme, car ma respiration menace de faire éclater mon corset. Enfin ses pas s'évanouissent, puis j'entends un dernier cri :

– Oh ! Cet animal ! Marie, tu ne devineras pas : c'est le chaton qui a pris mon ruban ! Il est si effiloché qu'il n'irait même pas à la plus dégoûtante des gueuses* !

Sans écouter le reste de sa diatribe, j'attrape le livre de Monsieur Corneille et m'échappe au jardin.

Monsieur Thomas est assis sous le grand noisetier. Ses lèvres articulent des phrases silencieuses.

– Monsieur, voilà le livre, dis-je en le posant près de lui sur l'herbe.

– Ah, merci, Marie. Je confesse que la perspective d'apprendre une tirade ne me réjouit guère. Mais il paraît que si j'impressionne Monsieur Corneille par les profondeurs de ma mémoire, il aidera Père à me présenter à la cour.

– Si vous permettez, Monsieur, je crois que pour ce privilège, d'aucuns* apprendraient des tragédies entières.

Monsieur Thomas lève sur moi un regard curieux.

– Ma petite Marie, dit-il, tu as toujours fait partie de notre vie. Et pourtant nous savons si peu de toi. Je crois parfois que tu réfléchis davantage que ce que tu laisses paraître. Penses-tu parfois à ton avenir ?

– Monsieur, la faveur de votre compagnie suffit à mon bonheur.

– Mais Père et Mère mourront, et mes sœurs feront un bon mariage… Qu'adviendra-t-il de toi ?

– Je travaillerai, comme on le doit quand on est dans ma situation.

Monsieur Thomas fronce le nez :

– Oui, on te trouvera bien un poste de gouvernante. Il faudra que j'en touche un mot à Mère, car il me semble qu'elle oublie parfois que nous grandissons, et dans bientôt deux ou trois ans tu seras prête à adopter cette profession.

Je le remercie d'une courte révérence, puis je m'éloigne, faisant en sorte d'aller lentement, mais mes jambes sous ma robe veulent courir. Être gouvernante et souffrir les mille caprices quotidiens de générations de Mademoiselle Margot ! Non, je préfère, je crois, être… une gourgandine, peut-être, une gigolette, une femme de mauvaise réputation, et voir sur scène mes mots représentés, frôler les comédiens maquillés et costumés dans les coulisses bourdonnantes des théâtres, écouter le tintamarre de l'orchestre qui ponctue les actes… Et la chaleur des robes qui balaient les couloirs des théâtres, et les hautes perruques répandant leur poudre, et les cous alourdis de scintillants bijoux : tout ce que j'imagine être le spectacle à Paris. Peu m'importe qu'il me faille vivre dans l'indignité de la solitude. Pourquoi m'en inquiéter, si mes textes me permettent, honnêtement, de vivre ?

Comme ils le font déjà, après tout.

Près de moi, un oiseau noir brille dans le soleil. De son bec, il s'épouille, semant des touffes de duvet à la brise. Péniblement, il prend enfin son envol – et laisse sur l'herbe…

Une unique plume, longue, noire, lisse.

Pensivement, je la ramasse. C'est l'une de ces plumes avec lesquelles l'on peut écrire : la tige est forte et épaisse.

– Qu'est-ce que t'as trouvé, ma jolie ? demande, derrière moi, la voix familière de Paul, le jardinier.

Il s'approche, observe et se gratte le front.

– Elle est toute belle, ta plume. Une bonne trouvaille, ma petiote. Sais-tu ce qu'on dit des plumes de corneille ? Qu'elles portent bonheur aux écrivains.

Acte II

Mademoiselle Sophie

Arrive-t-il bientôt ?

Madame la baronne

Très bientôt, mon enfant.

Mademoiselle Sophie

Aura-t-il dix laquais et vingt-cinq chevaux blancs ?

Mademoiselle Margot

Connaît-il des acteurs fortement scandaleux ?
Des intrigues d'amour, des contes fabuleux ?

Monsieur Thomas

Ah, s'il pouvait parler des filles parisiennes…
Et de la cour du roi… et des yeux de la reine…

Monsieur le baron

Silence ! Mes enfants, c'est assez de sottises.
L'amour ! Le roi ! La reine !

Monsieur Thomas

… et toutes ses marquises !

Monsieur le baron

Cessez donc, taisez-vous un peu, tenez-vous bien !
Diantre ! Nous attendons un Académicien !
Un homme que le roi et sa mère applaudissent !
Un très grand écrivain !

MADAME LA BARONNE

Montrez donc mieux nos fils,
Miss Ferguson ; il faut qu'ils soient en évidence.

MADEMOISELLE MARGOT

Si je faisais, Maman, un petit pas de danse ?
Comme je séduirais Monsieur Corneille !

MONSIEUR THOMAS

Oh ! oui,
Et il repartirait de ce pas à Paris.

MADEMOISELLE MARGOT

Maman ! Thomas m'agace !

MADEMOISELLE SOPHIE

Il a pourtant raison.

MADEMOISELLE MARGOT

Et maintenant Sophie ! Je rentre à la maison.

MONSIEUR LE BARON

Taisez-vous donc, Margot, ou vous serez châtiée.

MADAME LA BARONNE

Dieu du ciel !

MONSIEUR THOMAS

Il est là !

MADEMOISELLE MARGOT

Où donc ?

MONSIEUR THOMAS

Mais dans l'allée !

MADEMOISELLE SOPHIE

Son carrosse n'est pas vraiment très parisien.
Papa, il est exactement comme le tien.

MADEMOISELLE MARGOT

Petite sotte, attendais-tu qu'il vole en l'air ?
Qu'il soit tiré par un dragon ?

MONSIEUR LE BARON

Vas-tu te taire ?
Il arrive. Émilien, ouvrez donc sa portière.

ÉMILIEN *(à part)*

Crébleu ! On pourrait croire attendre le Saint-Père.

Monsieur le baron
Pierre, mon cher ami ! Tu es chez nous, enfin !
As-tu fait bonne route ? As-tu soif ? As-tu faim ?

Mademoiselle Margot *(à Mademoiselle Sophie)*
Il est très ordinaire, après tout, ce Monsieur.
Il a la barbe grise et l'œil par trop sérieux.
Je m'ennuie déjà fort, et il arrive à peine.

Madame la baronne
Dites bonjour !

Mesdemoiselles Margot et Sophie
Bonjour !

Monsieur le baron
Voilà mes châtelaines.
Et voici, mon cher Pierre, aussi, mes deux garçons :
Félicien est petit encor pour la leçon,
Mais Thomas juste ici a appris tous tes vers.

Monsieur Thomas
« Tous » est un petit peu exagéré, mon père.

Monsieur le baron
Laisse les grands parler, Thomas. Mon cher ami,
Je m'en vais t'escorter jusqu'à mon humble huis*,
Tandis qu'à la cuisine on prépare à dîner.

(Ils s'éloignent).

Mademoiselle Margot
Si Marie était là, elle serait comblée.
Monsieur Corneille est si fermement ennuyeux
Qu'elle le mangerait avidement des yeux.
C'est bien son habitude.

Mademoiselle Sophie
Oh, elle est là, ma sœur,
Sise* dans un buisson, là, depuis tout à l'heure.
Avec tout son papier qui jamais ne la quitte,
Et sa plume, bien sûr.

Miss Ferguson *(à part)*
Quelle étrange petite.
Parfois j'ai l'impression, bien que brièvement,
Qu'un jour elle fera quelque chose de grand.

(Rideau)

Illusions comiques

Le dîner a été servi et, aux cuisines, Suzanne se rince les mains dans un baquet, auprès duquel un petit tas jaune et cotonneux signale la disparition récente de sept bébés canards.

Moi, j'ai dîné d'une soupe au lard et au chou, dans laquelle j'ai trouvé un caillou.

– Qu'est-ce que c'est donc que ce paquet de feuillets que tu charroies* comme un porte-bonheur ?

– Tu l'as dit, c'est véritablement mon porte-bonheur, Suzanne.

– Et cette plume-là, elle est nouvelle ?

– Oui, la dernière était tout échevelée ; j'en ai trouvé une autre.

– Mademoiselle trouve le temps d'écheveler ses plumes, tandis que je m'esquinte les bras et les jambes aux cuisines. Sais-tu que t'as de la chance, ma petite, de pouvoir écrire ?

– Suzanne, ne sais-tu pas écrire ? Pas même un mot ?

– Pas même mon propre nom de baptême. Eh ! Qu'est-ce que tu crois, c'était pas nécessaire, sauf pour Jacquot, mon frère, qui est devenu curé.

– Je vais t'apprendre.

Recourbant mes doigts autour de ceux, bombés et rouges, de Suzanne, je trempe la pointe de ma plume de corneille dans mon petit pot d'encre diluée. Puis je lui montre comment appuyer juste assez pour laisser couler l'encre, tout en bougeant la main.

– C'est drôlement difficile ! se plaint Suzanne.

– Pas autant que de vider une dinde ou d'écailler une truite. Va, un petit effort.

Et finalement je lui fais écrire son prénom. Elle contemple les lignes irrégulières où éclatent de petites araignées d'encre.

– C'est Suzanne, que ça dit ?

– Oui, c'est ton nom.

– Eh, regarde donc, Annette, ce que la petite m'a appris !

Annette s'approche et hoche la tête :

– C'est bien joli, il faudrait le mettre au mur.

Suzanne, enthousiasmée, pose le papier en équilibre sur une planchette où s'alignent des pots à épices.

– Si je le mets là, c'est comme si j'étais là, même si j'y suis pas, dit-elle fièrement. Et ça montre que cette cuisine-là, elle est un peu à moi !

– C'est pas tout, mais y a du travail, déclare Annette. Le dîner va finir là-haut et Monsieur a demandé du vin et des bonbons. Il paraît que le *poète* va lire des textes et parler de ses grandes œuvres.

Je sursaute, renversant dans mon émoi un petit bol de lait. Le chaton se jette sur la flaque.

– Oh, voilà pas que notre Marie est toute déçue, lamente Suzanne. Remonte, va : peut-être que si tu te caches dans l'escalier de service, tu pourras écouter par le trou de la porte.

L'escalier en colimaçon se déroule sous mes pas ; j'atteins le deuxième étage et m'assieds sur la pierre dure, derrière la porte de service cachée dans le dessin du mur. De la serrure s'étire un long filament de lumière pâle. Mais aucun bruit n'émane du boudoir. Ils sont peut-être toujours à la salle à manger.

Quand soudain, une cavalcade et la porte s'ouvre !

– Marie ! Ah ah ! Je savais que tu serais là !

– Mademoiselle Margot, je… je ne sais que dire…

– Tais-toi donc ! Sauve-moi un peu la vie, car je suis si lasse de la conversation de Papa avec ce Monsieur que tu admires tant ! Je jure qu'ils n'ont fait que parler d'alexandrins en dépiautant leurs canetons et des grands noms du théâtre parisien en dégustant leurs flans. Et voilà que Papa menace de faire parler Monsieur Corneille ici, avec nous ! Prends donc ma place. Il fait sombre, Thomas et Sophie seront les seuls à s'en apercevoir.

– Mademoiselle, enfin…

– Chut ! Hâte-toi, ils arrivent !

Et, sans plus de cérémonie, elle se défait de sa robe dans l'escalier.

– Vite, ôte la tienne ! Allons, Marie, ne sois pas si prude !

Tout éplapourdie* par la situation, je la laisse me dévêtir. Elle me passe la robe d'azur par la tête et la noue grossièrement au dos.

– Mademoiselle, dis-je enfin, nous ne nous ressemblons pas assez…

Elle me pousse à l'intérieur du boudoir et elle m'assied dans l'ombre, sur un fauteuil grassouillet. Elle a raison : il fait sombre. Une poignée de bougies éclairent, près de la fenêtre noire, le fauteuil de Monsieur le baron, depuis lequel il lit d'ordinaire des psaumes à la famille. Mais le reste de la pièce est obscur.

– Garde la tête baissée !

– Si l'on venait à me poser une question, Mademoiselle ?

– Oh ! Tu es drôle. Crois-tu que l'on s'embarrasse à poser des questions à une fille ? Non, ils te laisseront en paix. Et moi, je vais jouer !

Je la regarde s'éloigner vers la porte. Au dernier moment, elle se retourne et m'adresse une mimique amusée :

– Dieu ! Comme Miss Ferguson va être courroucée ! Ce que ce sera amusant !

Et elle s'éclipse.

Je ne reste pas longtemps seule dans le salon assombri. Bientôt un écho lointain de conversations vient troubler le silence et la porte s'ouvre en grinçant. Entre Monsieur Thomas, la mine déconfite. Entre Mademoiselle Sophie, la mine résignée. Entre Madame la baronne, élégante et détachée. Entre Monsieur le baron, la barbe encore frissonnante d'un rire qui s'éteint.

Entre Monsieur Corneille.

Je tente de maintenir la tête baissée, mais comme lorsqu'il est arrivé au château, je ne peux m'empêcher de sonder ce front ridé, ces yeux pâles. C'est de lui que se sont échappés ces phrases et ces vers, ces actes et ses scènes que je connais par cœur… et que d'autres récitent, sur scène, tandis qu'on les applaudit. J'imagine ce visage grave et sérieux s'incliner sous les hommages, applaudir lui-même du bout des doigts, quand la musique s'évanouit entre les lustres d'or.

– Qui est là ? questionne le baron en entrant. C'est toi, Margot ? Je me demandais si tu n'avais pas cherché à nous fausser compagnie.

Je hoche la tête, fixant mes mains. Mademoiselle Margot avait raison : dans la lueur fade de quelques bougies, la robe bleue chatoie comme un ver luisant ;

et peu importe que ses cheveux soient légèrement plus clairs que les miens, le baron et la baronne pensent avoir devant eux leur fille.

Mais pas Monsieur Thomas et Mademoiselle Sophie, qui s'asseyent de part et d'autre de moi :

– Diable, Margot est une sacrée coquine, souffle Monsieur Thomas. Te faire passer pour elle, et devant ses propres parents ! Si Père le découvre, elle et toi serez rossées* comme des ânons. Et il me semble qu'elle au moins le mérite, car Sophie et moi sommes forcés d'endurer le discours du vieil homme.

Mademoiselle Sophie frissonne, puis me prend la main :

– Va, rien n'y paraîtra. Je ferai mine que tu es ma sœur.

Monsieur le baron installe Monsieur Corneille dans son propre fauteuil, se contentant d'une chaise fort confortable, et attend que Madame la baronne, assise auprès d'une bougie, ait pris son ouvrage. L'aiguille monte et descend docilement, attrapant comme un filin d'argent la faible lumière.

– Bien, dit Monsieur le baron en se frottant les mains. Pierre, je t'avais dit que mon aîné a appris ton œuvre par cœur. Thomas, mon fils, je te prierais d'en faire la démonstration à Monsieur Corneille.

Chancelant, Monsieur Thomas se dresse. Son pourpoint trop serré étrangle sa respiration.

– Maintenant, Père ?

– Mais oui, aussitôt, mon fils. Monsieur Corneille se languit d'entendre ses mots dits par ta voix.

Monsieur Corneille, qui pourtant n'a rien dit de tel, approuve d'un signe de tête et d'un sourire obligeant.

– Euh… bien, dit Monsieur Thomas. Père, j'ai appris par cœur la tirade du *Cid**.

– Fort bien, mon fils, commence donc.

Monsieur Thomas toussote, toussote encore, tousse ensuite si amplement que sa mère inquiète retient un instant son aiguille. Puis il débute, la voix flageolante :

– *Ô rage ! Ô désespoir ! Ô vieillesse ennemie !*

– Il a la voix claire, commente Madame la baronne avec appréciation.

Un silence. Puis :

– Eh bien, est-ce tout ? tonne Monsieur le baron.

– Père, il semble que ma mémoire me joue un tour.

– Ta mémoire ! C'est toi qui nous joues un tour, fripon ! Tu parades comme un mirliflore* et tu prétends être présenté à la cour, quand tu es incapable de retenir plus d'un alexandrin ?

– Mais les alexandrins sont difficiles, Père…

– Et pourtant vous venez d'en faire un de vous-même, constate tranquillement Monsieur Corneille. Louis, ne houspille pas tant ton pauvre garçon. À son âge, moi-même, j'en ai le souvenir, les vers latins et grecs que j'essayais d'apprendre trouvaient toujours moyen d'échapper à ma langue.

– Et par quoi brillera-t-il à la cour, mon cher, s'il a la mémoire d'un drapier ? Je ne veux pas d'un fils qui soit un muche*, qui épouse la dernière des courtisanes et qui traîne une réputation de simplet à la cour.

– La situation n'est pas si dramatique, commente Monsieur Corneille qui doit y connaître quelque chose. Pourquoi apprendrait-il des vers qui le rebutent ? Peut-être est-il porté vers d'autres intérêts. Qu'aimes-tu donc, Thomas, dont tu voudrais parler ?

– Monsieur, j'aime les beaux vêtements que l'on fait à Paris et que l'on voit dans les livres. J'aime aussi m'occuper des chevaux avec Eugène, le palefrenier.

– Ce sont là les domaines des dames et des gueux, tempête Monsieur le baron. Et l'esprit, mon fils ? Cette encyclopédie que je t'ai offerte pour ta fête ? Et le combat ? On me dit que tu es un piètre duelliste, et parfois même un pleutre*.

– Louis, mon ami, murmure Madame la baronne, vous embarrassez Monsieur Corneille.

– Madame, c'est votre fils que j'embarrasse. À quinze ans, Thomas babille à peine son latin et son grec ; quant à ses théorèmes et ses figures, ils sembleraient démontrés et tracés par un sauvage des îles tropicales. Non, Madame, je m'indigne et je te redemande, gredin, de me réciter sans plus de cérémonie la tirade du *Cid*.

Le visage dodu de Monsieur Thomas est aussi ardent qu'un briochon sortant du four.

– Père, implore-t-il, demain, j'aurai appris…

– De suite, mon fils. De suite.

Alors Monsieur Thomas avale sa salive, et péniblement, recommence :

– *Ô rage ! Ô désespoir ! Ô vieillesse ennemie !…*

Un silence. Qui s'étire. Même le rossignol, au-dehors, a cessé de chanter.

– Alors ? s'agace Monsieur le baron.

Un rideau de silence ; et Monsieur Thomas, en scène, cherche sans succès un souffleur.

Ô, lecteur ! Ô, lectrice ! Que puis-je faire d'autre, pour aider mon maître, que de lui souffler…

– *N'ai-je donc tant vécu que pour cette infamie ?*

Acte III

Monsieur Corneille
Par ma foi, mes amis, voilà qu'on croit entendre
D'un malicieux lutin la voix fluette et tendre.

Monsieur Thomas
N'ai-je donc tant vécu que pour cette infamie ?

Monsieur le baron
Tais-toi, voleur, brigand, c'est ta sœur qui l'a dit.
Ta sœur, pourtant si sotte, a retenu ces mots,
Ta sœur, au moindre esprit, ta sœur…

Monsieur Corneille
Chère Margot,
Je te prie de ne pas t'arrêter. Continue,
Sais-tu le reste ?

Monsieur le baron
Non, elle est trop ingénue*
Et ne sait rien à rien.

Monsieur Corneille
Laisse-la donc parler.

« Mademoiselle Margot »
Et ne suis-je blanchi dans les travaux guerriers…

Monsieur le baron
Elle connaît la suite ?

Madame la baronne

On lui aura soufflée…

« Mademoiselle Margot »

Que pour voir en un jour flétrir tant de lauriers ?

Monsieur le baron

Des lauriers ! Cesse donc de crâner, péronnelle* !
Vous ai-je demandé, dites, Mademoiselle,
D'apprendre la tirade écrite par Monsieur ?

Monsieur Corneille

Il me semble, mon cher, que tu es trop sérieux.
Ta fille a de l'esprit, ne t'alarme donc pas.

Monsieur le baron

Ma fille a de l'esprit ? Et mon fils n'en a pas ?

Monsieur Corneille

Je n'ai pas dit cela.

Madame la baronne

Pour son impertinence,
Au prochain bal, elle sera privée de danse.

Monsieur Corneille

Margot, ma chère enfant, aimes-tu le théâtre ?

« Mademoiselle Margot »

Monsieur, je l'aime tant que je pourrais abattre
Des montagnes de pierre et des forêts de chênes
Pour rendre hommage à l'art, pour construire une scène

Que je décorerais d'ors, de soies et de fleurs,
En un fier carnaval de toutes les couleurs
De l'arc-en-ciel…

MONSIEUR LE BARON

Mademoiselle !

MONSIEUR CORNEILLE

Ah, Louis, cessez !
Cette enfant a été trop longtemps délaissée.
Elle a beaucoup à dire et doit être entendue.
C'est une fille, soit. Mais pas une ingénue
Comme tu le prétends. Chère Margot, reprends.
Lis-tu beaucoup ?

« Mademoiselle Margot »

Monsieur, toujours, si j'ai le temps.

Monsieur le baron

Margot, une lectrice ? Et pourquoi pas aussi
Mon épouse, un gorille, et moi, un canari ?
Je n'ai pas élevé ma fille comme un homme.
Et je ne la veux pas auteur ou astronome,
Je la veux mariée.

« Mademoiselle Margot » *(à Monsieur Corneille)*

Monsieur, dans vos histoires,
Les dames font beaucoup, et parfois l'on peut croire
Que les rôles qu'on leur accorde sur la scène
Sont plus intéressants que la vie qu'elles mènent
Autre part.

Monsieur Corneille

Il est vrai, et je ne sais pourquoi.

« Mademoiselle Margot »

Mais cela changera un jour, j'en ai la foi.

Monsieur le baron

Dieu ! Je ne l'ai jamais connue aussi en verve*.

Monsieur Corneille

Mais elle a un cerveau, et il faut bien qu'il serve.
Combien de vers as-tu appris, Margot ?

« Mademoiselle Margot »

Monsieur,
Même si j'aimerais pouvoir les dire mieux,
Je connais vos écrits entièrement par cœur.

Monsieur le baron

Par cœur ?

Mademoiselle Sophie *(à « Mademoiselle Margot »)*

On va te découvrir ; jamais ma sœur
N'a eu ni l'intérêt ni la patience ni
La mémoire ni le courage ni l'envie
De faire telle chose.

Monsieur le baron

Allons tous nous coucher.
Car je commence à être âprement courroucé
Que mes propres enfants jamais ne m'obéissent.
Je ne reconnais plus ma fille ni mon fils.

(Rideau)

Chapitre 4

Où l'on donne un bal

Il ne me souvient plus comment j'ai regagné mon lit ; comment j'ai répandu, comme un costume, la robe bleue de Mademoiselle Margot sur le sol. Une fois étendue, j'ai contemplé le ciel de ma chambre, incapable de trouver le sommeil. Monsieur Corneille, j'ose à peine y croire, m'a trouvé, peut-être, un intérêt. Et loin de me condamner pour mes paroles, il m'a louangée !

Mais que dirait-il s'il savait que je suis non pas Margot de Rochecourt, mais Marie, juste Marie, orpheline et fille de servante ?

Des remarques de Monsieur Thomas, dans l'escalier :

– Insolente, tu n'as pas manqué ton occasion de briller. Remercie le Seigneur qu'elle t'ait été donnée une fois ; il n'y aura pas de seconde. Quand Monsieur Corneille retrouvera, demain matin, Margot aussi sotte qu'à son habitude, on l'accusera à ta place.

En effet, Mademoiselle Margot me bat froid*, le lendemain matin, lorsque je vais entrouvrir les lourds rideaux de son lit.

– Sophie m'a dit ce que tu as fait, assène-t-elle en faisant tinter sa clochette d'argent. Tu n'es que manigances et manipulations, mais cela ne m'étonne guère. Tu t'es toujours crue au-dessus de ta condition. Cruelle engeance*, qui oublie, dès qu'on fait preuve de charité, la reconnaissance qu'elle doit à ses maîtres !

Je suis depuis lors confinée à la chambre, et parfois j'ai le droit de descendre au jardin, lorsque Monsieur le baron et Monsieur Corneille sont à leurs affaires. Une semaine déjà a passé sans que j'entrevoie la pointe de la plume du chapeau de Monsieur Corneille.

Un jour, Mademoiselle Margot déclare qu'elle

ne portera plus la robe bleue, car elle a servi à une fille de servante ; et elle me demande d'en faire des chiffes. Mais au lieu de cela, je la plie et la range dans mon petit coffre de bois, aux côtés de mon encre, de ma plume et de mes feuillets. Mes feuillets : ma vie en cinq actes.

J'en ai déjà rédigé trois, et pourtant je suis comme le spectateur ébaubi* par les feux du théâtre, qui se demande, l'esprit suspendu aux masques et aux costumes, quelles intrigues recèlent les deux actes à venir.

Sera-ce une comédie ? Une tragédie ? Qui sait ?

– Devine un peu, Marie ! Il va y avoir un bal.

Mademoiselle Margot tournoie et virevolte dans un profond chatoiement de sa nouvelle robe de velours rouge. Pour la première fois, Miss Ferguson y a fixé un léger vertugadin*, qui bombe la robe aux hanches.

– Évidemment, tu n'es pas invitée, déclare-t-elle. Papa y convie huit familles, qui se languissent fiévreusement de rencontrer Monsieur Corneille. Il y aura les Montcinois, sais-tu, ceux qui ont des affaires aux Indes et en Asie. J'ai déjà rencontré leur fille, Alexandrine. Fi, Marie, elle est toujours vêtue à la mode orientale et parfois l'on croirait qu'elle est parfaitement chinoise ! Ce sont des bourgeois, mais ils sont bien gentils. C'est ce que dit, du moins, Victoire d'Aubenois qui sera là aussi, bien sûr, avec son frère ! Son frère Armand, ma chère, est un gentilhomme ; il porte toujours, à l'extérieur, les plus délicieuses des hongrelines*.

Mademoiselle Margot babille ainsi durant quelques minutes, au cours desquelles elle me rappelle avec courtoisie que je ne suis pas invitée au bal. Mais la déception est mitigée par le souvenir que je suis heureuse d'avoir eu, à Rochecourt, la protection d'une famille noble, aimante et charitable !

La date du bal est fixée, et les cartons envoyés. Suzanne, pendant ce temps, n'a pas le cœur à la conversation. Les cuisines sont vibrantes d'animation et d'inquiétude. On a fait livrer un cube de glace plus haut que moi, dans lequel mille arcs-en-ciel sont emprisonnés. Le sommelier classe les bouteilles de vin, les accordant aux plats.

– Ma petite, tu dois être bien déconfite de ne pas être de la fête, remarque Suzanne en tranchant des citrons.

– Non, car je n'osais l'espérer et je ne mettrais pas nos maîtres dans l'embarras en abusant de leur générosité.

– M'est avis, grogne Suzanne, que leur générosité aurait pu faire de toi l'égale de leurs filles, plutôt que leur demoiselle de compagnie. Où te sens-tu, Marie ? Y a-t-il pas des fois où tu te demandes quelle est ta place ?

– Toujours, Suzanne, mais je pense qu'il en serait toujours de même, fussé-je Marie de Rochecourt ou Marie la gueuse préposée aux écuelles des cochons.

Suzanne m'éclabousse d'un grand éclat de rire et me laisse prendre une petite pomme dans un panier. Je murmure en la croquant :

– Bien sûr, si j'étais Thomas de Rochecourt, ou même Jeannot le gueux, ma situation serait peut-être différente...

– C'est ça ! Et si mon père était roi porcelet, je serais princesse des pourceaux. Cesse donc de rêver, ma petite, surtout à des choses qui n'arriveront pas. Va, laisse-moi désosser ma viande. T'as pas des choses à faire aux étages ?

Je m'échappe, mais en réalité, je n'ai rien à faire. Mademoiselle Margot est déjà à sa toilette, Mademoiselle Sophie joue avec le petit Félicien et Monsieur Thomas est à sa leçon avec Monsieur Corneille. Car il y a une semaine, Monsieur le baron a demandé à son invité de dispenser à son fils des conseils de style et d'écriture. Je crois bien, malgré tout le respect que je dois à Monsieur Corneille et à son nouvel élève, que ni l'un ni l'autre ne sont particulièrement enchantés par cet arrangement. Leurs marmonnements et leurs bâillements s'entendent à travers la lourde porte. Non point, bien sûr, que j'écoute… (du moins, pas tous les jours.)

– Où cours-tu donc, fainéante ? Pas de rôti à porter, de décorations à pendre ?

Je lève la tête et croise le regard rieur de Martin, le fils de Suzanne, qui descend aux cuisines avec un demi-chevreuil sur l'épaule. Martin a exactement le même âge que moi. De fait, nous sommes nés le même jour et, par la volonté du Seigneur, le même jour que Sa Majesté Louis*, jeune roi de France. Mais contrairement à Monseigneur le roi et à moi-même, Martin a un labeur quotidien depuis l'âge le plus tendre, et j'ai longtemps souffert de le voir s'échiner tandis que je me roule dans les draps de soie de la famille.

– Oh ! Martin, si tu savais, je t'aiderais bien, si je le pouvais ! Moi qui serai confinée, ce soir, dans la chambre verte de la tourelle.

– Confinée ? Et pourquoi cela ?

– Je n'ai pas eu l'heur* d'être conviée au bal, mon ami.

– L'heur ? M'est avis que c'est plutôt une malédiction, grogne Martin. Quand tu fermeras les yeux à l'heure où les poules s'endorment, pense à moi, qui gambaderai à gauche et à droite jusqu'au petit matin pour servir sires et dames, damoiseaux et demoiselles.

– J'entends bien ta détresse et pourtant je ne rêve que d'être à ta place, de pouvoir, ci et là, glaner un éclat de conversation ou écouter les nouvelles de Paris !

Martin dépose son demi-chevreuil sur un billot

et répond au regard vitreux de l'animal par une grimace.

– Tu ne connais pas ta chance, Marie. En plus de m'éreinter à la tâche, je serai emperruqué et maquillé comme un bouffon de cour ! Ah, comme tu riras quand tu me verras dans mon costume. Monsieur désire que ses valets fassent pâlir d'envie les invités.

Alors qu'il s'éloigne, je le rappelle, comme prise d'un étrange vertige :

– Veux-tu dire, Martin, que tu seras à peine reconnaissable ?

– Crébleu, mon amie, ma propre mère ne me connaîtrait pas. Je te le dis, c'est l'apprêt d'un baladin*.

Je sens mon cœur soudain mordu d'un nouvel enthousiasme s'accélérer au rythme de ma respiration. Précipitamment, je souffle :

– Martin, voudrais-tu une nuit de sommeil ?

– Pardi, jamais je n'en ai eu de ma vie.

– Et voudrais-tu éviter la perruque, le maquillage et la livrée ?

– Qu'insinues-tu, Marie ?

Alors je lui touche quelques mots de mon idée, et lentement le visage de Martin, tiré par la fatigue, se dénoue et s'éclaire.

Quelques heures plus tard, me voilà fin prête. Martin a posé sur ma tête une perruque poudrée, frisée comme un agnelet, et j'ai moi-même fardé mon visage de blanc. Je porte une livrée aux couleurs de Rochecourt frappée de l'écu de la famille. Les souliers de Martin, un peu trop grands, sont lâches, mais je lui assure que je m'efforcerai de ne rien laisser choir.

Puis je l'accompagne moi-même dans la chambre verte sous le chapeau de la tourelle et lui demande de se cacher dans le lit. Miss Ferguson pensera que je dors déjà, et clora la porte, sans savoir que j'officie deux étages plus bas, dans la salle de bal et aux cuisines !

– Es-tu sûre que tu sauras tout faire ? s'inquiète Martin. Diantre, comme tu ressembles à un garçon, dans ce costume, ce n'est pas bien joli !

– Je ne suis pas si bâtée*, j'y parviendrai, réponds-je en riant. Et quant à moi, je trouve fort amusant de ressembler à un garçon.

Il cherche à protester, mais déjà ses yeux se ferment à demi et je le vois aviser le lit. Il n'a jamais vu un tel amoncellement de draps, lui qui dort sur une paillasse.

– Bien, n'oublie pas, dit-il mollement. Demain matin, au premier chant du coq, je serai en cuisine. Retrouve-moi là-bas et nous échangerons à nouveau nos rôles.

Je le remercie encore une fois et referme la porte de bois. Quelques instants plus tard, ses faibles ronflements s'élèvent dans le silence. Et il est à peine six heures !

Par la fenêtre pointue, le domaine est rose de soleil. Les invités arrivent tantôt, et il me faut me hâter, d'autant plus que du bas des escaliers, j'entends la voix de Monsieur Jean :

– Martin ! Martin ! Que fait cet animal, quand on a tant besoin de lui ?

Mes lourds souliers heurtent la pierre dure, mais il me semble presque que je m'envole. Qu'il est étonnant de ne pas porter de jupes !

Enfin j'émerge au bas des escaliers et Monsieur Jean me toise dans l'obscurité. Pendant un instant,

je pense qu'il m'a reconnue… mais non, le voilà qui me houspille :

– Que faisais-tu là-haut, malandrin* ? Si je te reprends à dérober des chandelles…

– Monsieur, je ne faisais rien de tel.

– Alors file au portillon, comme les autres ! Et ne t'avise pas de crotter ta livrée en chemin.

Enivrée d'avoir ainsi trompé mon monde et d'être libre, enfin, bien qu'asservie à mes maîtres, je rejoins les autres valets, qui me dévisagent avec perplexité.

Bientôt les premiers invités arrivent, et les robes miroitent, les pourpoints brillent dans la lumière des chandeliers que reflètent les corniches dorées et les balustrades d'argent, la lumière qui goutte dans les perles de verre suspendues aux lustres, qui glisse sur le marbre fraîchement frotté des marches de l'escalier. Un long ruissellement de lumière ! Et tant pis si les dames et les messieurs ne m'accordent pas un regard, ou si en cuisine on me dit que je suis un ladre* et un vaurien lorsque j'oublie de rapporter une coupe. Je suis au bal et dans mon cœur résonnent les violes et le clavecin.

C'est alors que l'on m'interpelle, d'une voix grave et patiente, une voix que je connaîtrais au milieu d'une foule hurlante, une voix qui me dit…

Acte IV

Monsieur Corneille
Voudrais-tu bien, jeune homme, oh ! juste une seconde,
Montrer à ces messieurs et ces dames du monde
Que ce que je leur dis, et que ce que je pense
Est vrai ?

Monsieur le baron
Voyons, mon cher, cesse cela, et danse.

Monsieur Corneille
Écoute donc, mon jeune ami, quel est ton nom ?

« Martin »
Martin, Monsieur.

Monsieur Corneille
Travailles-tu pour le baron ?

« Martin »
Oui, Monsieur, j'ai depuis cinq ans cette fortune.

Monsieur Corneille
Martin, dis-moi, mon cher, que sais-tu de la Lune ?
Des astres flamboyants, des sciences de la Terre ?
Que sais-tu des humains et de tous leurs mystères ?
Que sais-tu du Soleil ?

Monsieur le baron

Pierre, c'est un valet,
Il est né pour servir et nourrir les poulets.
Il a l'esprit fripon, il est creux comme un pot.
C'est un enfant de serf*, utile et idiot.

Madame Montcinois

Laissez-le donc parler : ce sera amusant !
Ils ont de ces idées, parfois, les paysans.

Monsieur Corneille

Laisse-moi t'expliquer, Martin : mon ami Louis
Et tous ces nobles gens entourant icelui*,
Se gaussent* largement de ma résolution
D'accorder aux servants une ample éducation.

Madame Montcinois

Vous avez même dit : aux servants et leurs femmes !
Monsieur Corneille, vous, qui connaissez les âmes,
Vous dont les vers brûlants sont la noblesse même,
Vous savez que ces gens n'aiment pas comme on aime.

Monsieur Corneille

Madame, à trop se croire à nul autre pareil,
On oublie avant tout qu'on est humain.

Monsieur d'Aubenois

Corneille !
Ah, ça ! C'est vraiment fort, vous êtes un félon*.
Alors je suis pareil à ce valet ? Ça, donc !

Et ma femme est pareille à moi ? Et les sauvages,
Que parfois l'on rencontre en de lointains voyages,
Sont-ils pareils à nous ?

MONSIEUR CORNEILLE

Ils ont les mêmes droits.
Martin, que penses-tu, mon cher, de tout cela ?

« MARTIN »

Monsieur, sauf le respect de Madame et Messieurs,
Je dois dire parfois qu'il me semble – oh, un peu –
Que si l'on dit toujours que vous êtes benêt,
Vous ne voudrez jamais, vous ne *pourrez* jamais
Oublier que ce n'est qu'un mot, qu'une parole.
Mais si l'on s'emploie fort à vous mettre à l'école,
Si toujours on vous dit que vous êtes savant,
Que vous êtes bien né, noble et intelligent,

Alors, Monsieur, je crois, et j'ai peut-être tort,
Que ces mots sculpteront de vous un homme fort.

MONSIEUR CORNEILLE
Martin, tu as tout dit. Mes amis, observez
Ce que c'est qu'un valet que l'on prend à rêver
À un monde où peut-être on le traiterait mieux.

« MARTIN »
Croyez-vous que l'on peut le transformer, Monsieur,
Si l'on emploie son arme ?

MADAME D'AUBENOIS
Une *arme* ? Ah ! Oh ! Seigneur !
Est-ce une jacquerie*, ou un monde meilleur,
Dont ce petit brigand nous entretient céans* ?

« MARTIN »
Madame, pardonnez ce terme menaçant.
Par arme, je veux dire en fait votre langage,
Lui que j'aime et redoute ; et c'est lui qui m'engage
À demander, Monsieur, qui en êtes l'expert,
Si en maniant les mots comme l'on peut le faire,
On peut changer ce que les gens disent et pensent.

MONSIEUR CORNEILLE
Absolument, mon jeune ami ; votre naissance
Ne vous empêche en rien de méditer, je vois.

« MARTIN »
Monsieur, j'ai l'âge exact de notre jeune roi,

Et d'une jeune fille, aussi, qui loge ici.
Et je crois que nous trois, moi, le roi, et Marie,
Sommes également capables de pensée.

Monsieur le baron
Dieu ! Quelle mascarade ! Il est temps de danser,
Avant qu'il ne corrompe ainsi tous mes servants.

Monsieur Corneille
Marie ? Qui est Marie ? Votre cinquième enfant ?

Monsieur le baron
La musique commence ; écoute le violon !

(*à « Martin »*)
Quant à toi, je te veux hors de ma vue, félon.

(Rideau)

Chapitre 5

Monsieur Thomas écrit un poème

– Ma chère, si je n'étais pas aussi attachée à ta compagnie, je dévoilerais à Papa tes duperies.

Mademoiselle Margot, à la fois bleue de colère et l'œil allumé par la curiosité, tourne autour de la chaise sur laquelle je suis assise, occupée à mon ouvrage.

– Mademoiselle, j'ai bien peur de ne pas savoir à quoi vous faites allusion.

– Vraiment, Marie, le mensonge te sied mal. Tout le monde au bal hier parlait d'un valet à la langue véloce et à la parole aiguisée. Connaissant ton goût pour la comédie, je me doute qu'encore une fois tu as trompé ton monde en te fardant comme un servant pour être au bal.

Muette, je regarde l'aiguille percer la fine toile.

– Je confesse, murmure Mademoiselle Margot, que ta farce n'est pas pour me déplaire. J'aime à croire qu'un jour tu deviendras une mystificatrice dangereuse, étrangleuse et de mauvaise vie. Je pourrai alors dire aux nobles gens de mon accointance* que, malgré l'éducation que nous t'avons gracieusement accordée, la corruption de ton sang a trahi notre générosité et qu'il n'est rien à faire, vraiment, pour les enfants de cette engeance servile que l'on fait bien de tenir au poing.

– Mademoiselle, c'est par vous et pour vous que j'ai pris votre place, le soir où Monsieur Corneille m'a remarquée. Quant au bal, je ne sais ce qui s'y est passé, car j'étais, comme vos parents me l'avaient demandé, dans la chambre verte de la tourelle.

Mademoiselle Margot sonde mon regard, puis se gausse un instant.

– Bah ! Peu me chaut*, traîtresse, que tu me confesses ou non ton imposture. Je t'aime bien quand même, va, même si tu le mérites peu. Veux-tu savoir ce qu'il est arrivé au bal hier soir ?

– Rien ne m'enchanterait davantage, Mademoiselle.

– Eh bien, écoute, c'est trop amusant : mon frère Thomas est tombé furieusement amoureux de la sœur de Victoire d'Aubenois, Ernestine, tu sais, qui était maladive. Quand il l'a vue, il a rougi, pâli, et puis il a dit quelque chose dans un babil que personne n'a compris ! Et ce matin, je l'ai surpris – lui qui n'écrit jamais ! – accoudé à un appui de fenêtre, rédigeant une longue missive ! Eh bien, qu'en penses-tu, Marie ?

– J'en pense que Mademoiselle d'Aubenois est une connexion fort avantageuse et qu'un mariage entre Monsieur Thomas et elle serait sans doute conforme aux vœux de leurs familles.

– Précisément, ma chère ! Et je crois bien que Papa et Maman me réservent Armand, qui se destine à l'armée. Nos deux familles seront bien liées ainsi. Quant à Sophie, elle n'aura qu'à se trouver un marquis.

Ayant saisi une plume, elle griffonne « Madame d'Aubenois née Rochecourt » sur une feuille et me la présente avec un sourire prophétique :

– Quand je serai mariée, les lettres que je t'enverrai porteront ce nom ! Comme j'aime à y penser !

Comme je suis impatiente d'y être ! Et si tu n'es pas déjà devenue infréquentable, ce dont je doute, tu pourras peut-être devenir gouvernante de mes enfants.

Je m'incline pour la remercier et soudain ma sacoche de cuir fripé, où je conserve mes écrits, choit sur le sol, éventrée. Mademoiselle Margot s'empresse de saisir mes feuillets :

– Qu'est-ce donc que ça ?

Un peu trop brusquement, je les lui arrache des mains.

– Mademoiselle, ce ne sont que des pensées que j'écris, des notes que je prends.

– J'ai vu mon nom sur la première page, roublarde* !

– C'est que parfois vous dites des choses qui m'intéressent et dont je veux garder le souvenir.

Elle fait la moue, puis hausse les épaules.

– Je suis persuadée que tu mens, comme à ton habitude. Très bien ! Continue à verser ton fiel contre notre noble famille dans tes papiers secrets. Un jour, on dévoilera ton irrévérence*.

Et puis, levant le nez, elle saisit le chaton qui dormait et sort de la pièce en claquant des talons.

Je sais que mes petites scènes, bien innocentes, pourraient me mettre dans l'embarras si jamais Monsieur le baron ou Madame la baronne en avaient vent. Je n'ai plus que le cinquième acte à rédiger, mais il se passe, en ce moment, si peu de choses ! D'autant plus que Mademoiselle Sophie m'a dit ce matin :

– Sais-tu, Marie, que Monsieur Corneille va devoir écourter son séjour avec nous ? L'Académie le réclame, et il repart dans trois jours pour Paris, où il rencontrera aussi le jeune roi !

Alors que je ressasse cette désagréable nouvelle, la porte s'ouvre et Monsieur Thomas entre, portant une feuille et une plume. Sans me voir, il s'installe à une table et se met abruptement à écrire.

Immobile, je le regarde faire. Parfois, il lève les yeux au plafond, lance un « Oh ! » ou un « Ah ! » et revient à son écriture. Fébrilement, la plume court sur le papier… Et voilà qu'il se lève, tourne sur lui-même, murmure en comptant le rythme :

– Les-flè-ches-de-Cu-pi-don-sur-moi-lan-cées… Ah ! Seigneur, seulement *onze* pieds, et il m'en faut douze pour un alexandrin…

Et soudain il m'avise et ses joues replètes rosissent.

– Marie ! Que fais-tu là ?

– Monsieur, je travaille à mon ouvrage.

– Ciel, tu m'as vu donner un spectacle fort ridicule.

– Monsieur, je vous assure que je n'écoutais pas.

Il grommelle, se lève, va à la fenêtre, retourne à sa table, puis revient à la fenêtre, puis s'exclame :

– Ah, qu'il est éreintant de faire des vers ! Monsieur Corneille a beau m'apprendre, je n'y entends goutte*.

– Puis-je, Monsieur, oser vous demander de me montrer votre poème ?

Monsieur Thomas me toise, puis il se fend d'un sourire.

– Allez, pourquoi pas ? Après tout, depuis le bal, ma passion pour Mademoiselle d'Aubenois est un secret de polichinelle, n'est-ce pas ? Ma sœur a dû déjà t'en entretenir.

Il me tend une feuille de papier, sur laquelle des lettres fébriles, s'accrochant les unes aux autres, forment la composition suivante :

Ah ! Comme mon cœur brûlant s'embrase
Quand de votre visage il embrasse
La douce pâleur de votre pommette
Et comme il s'affole et comme il tempête
Quand vous en regardez un autre !
Car mon cœur, Mademoiselle, est vôtre !
Les flèches de Cupidon sur moi lancées…

– C'est tout, dit Monsieur Thomas. Je suis un peu à court d'inspiration.

– Monsieur, puis-je vous poser une question ? Aimez-vous Mademoiselle d'Aubenois seulement pour la douce pâleur de sa pommette ?

– Certes non, ma chère, elle possède aussi la plus rouge des bouches, la plus dorée des chevelures, la plus bombée des gorges…

– J'entends, Monsieur, mais est-elle aussi d'une conversation agréable, d'un esprit vif ?

Monsieur Thomas reste un instant interdit, puis son regard s'éclaire.

– Oui, Marie, il est vrai. Nous avons eu une conversation plaisante. Elle m'a entretenu des coutumes de Bretagne, dont sa tante est originaire. Elle pimente aussi ses discours de touches spirituelles.

– Eh bien, pensez un instant, Monsieur, qu'elle doit recevoir dix billets par semaine vantant ses pommettes, sa bouche et sa chevelure ; ce n'est guère un secret. Je pense qu'il serait peut-être judicieux, au lieu de louanger sa beauté d'une manière si ordinaire, de montrer à Mademoiselle d'Aubenois qu'au-delà de ces qualités évidentes à tous, vous avez été frappé par son intelligence et sa vertu.

Monsieur Thomas se gratte un instant le menton.

– On dit pourtant que les demoiselles aiment à entendre qu'on les trouve belles…

– Seulement parce que l'on n'essaie jamais de leur dire autre chose. Attablez-vous avec moi, Monsieur, je vais vous aider à rédiger un poème auquel Mademoiselle d'Aubenois sera plus sensible.

Aussi étrange que cela puisse paraître, Monsieur Thomas accepte mon offre. Pendant plus de deux heures, nous travaillons ; il tient la plume, il déniche les idées, et je peaufine la forme. Enfin il met un point final à la dernière ligne et, émerveillé, relit lentement sa composition :

Sonnet à Mademoiselle d'Aubenois

Ce pli pourrait, Mademoiselle,
Vous discourir d'amour courtois,
Mais bien que vous soyez si belle
Je voudrais vanter votre voix.

Car votre science et votre esprit
Au dernier bal m'ont enchanté,
Au-delà de votre beauté
C'est de *vous* que je me languis.

Je voudrais écouter vos mots,
Mademoiselle, un peu encore
Si je pouvais vous voir bientôt,

Si vous me donnez votre accord,
Je serai, dès votre retour,
Votre humble ami, à Rochecourt.

T. de R.

Ce petit poème me plaît bien, et Monsieur Thomas dans sa bonté m'en offre le brouillon, écrit et signé de sa main, comme peut-être un remerciement pour mon aide.

La lettre part le lendemain et, pendant les trois

jours qui suivent, Monsieur Thomas arbore un énigmatique sourire dans les couloirs du château. Il sourit toujours, tout aussi ébaubi par l'amour, le matin où les malles fermées de Monsieur Corneille sont chargées dans son carrosse et que, depuis le haut de l'escalier, le cœur lourd, je le regarde prendre un dernier repas avec la famille.

Acte V

Monsieur Corneille

Merci encore, ami, pour ce si beau séjour ;
Je reviendrai bientôt peut-être à Rochecourt,
Je trouve que ces lieux m'inspirent bien des choses.

Madame la baronne

Vous reviendrez, Monsieur, à la saison des roses ;
Et vous verrez les fruits dans les jardins.

Monsieur le baron

Fadaises !
Pierre n'est pas ici pour nos fleurs ou nos fraises.
Parlons un peu, mon cher, vas-tu donc présenter
Notre Thomas ici, beau, bien fait et bien né,
À la cour ?

Monsieur Corneille

Oui, bien sûr, si ça t'importe tant,
Je le présenterai dès le prochain printemps.

Monsieur le baron

Tente d'impressionner, Thomas, le jeune roi ;
Je te veux cardinal, ministre ou bien soldat.

Monsieur Thomas

Père, je ne sais pas si j'en ai l'envergure ;
Je me vois bien rester dans mon coin de verdure,
Loin du bruit de la cour.

Monsieur le baron

Couard, quelle paresse !
Va briller au palais, épouse une princesse.

Monsieur Corneille

Margot, qu'en penses-tu ? Tu n'as jamais parlé
Depuis le premier soir, et j'en suis attristé.

Mademoiselle Margot

Qui, moi ? Monsieur, je pense… euh… je ne sais que dire…

Monsieur Corneille

Ce n'est rien, mon enfant, nul besoin de rougir,
Je suis un peu marri*, il est vrai, car je pense
Que tu as de l'esprit, si on t'offre la chance.

Monsieur le baron *(à Martin)*

Toi, là-bas ! Le café, n'est-il pas bien bouilli ?
Ou peut-être les grains ne sont-ils pas cueillis ?
Je l'avais exigé tantôt pour ce matin.

Monsieur Corneille

Qui est-il, celui-là ?

Monsieur le baron

Qui donc ?

Monsieur Corneille

Mais lui !

Monsieur Thomas

Martin.

C'est Martin, n'est-ce pas, qu'on t'appelle, valet ?

Martin

Oui, Monsieur.

Monsieur Corneille

Cher Martin ! Justement, je voulais
Te revoir un instant avant de repartir.
Au bal, j'ai entendu ce que tu voulais dire ;
Et j'aimerais beaucoup en ouïr* davantage,
Sans perruque, sans fard, et sans tout ton plumage.
Veux-tu bien me parler ?

Martin

J'ai peine à vous comprendre…
Crébleu, je ne sais point, j'ai peu à vous apprendre.

Monsieur Corneille

Tu as changé de voix…

Monsieur le baron

Quelle est cette imposture ?
Où étais-tu, pendard*, ignoble créature,
Le soir du bal ?

Martin

Monsieur, ne me tourmentez pas !
Je vous prie, je vous jure, oh ! Monsieur, j'étais là.

Monsieur Corneille

Qui d'autre ai-je pu voir ?

Martin

Personne !

Mademoiselle Margot

Ah, ça, personne !

Mademoiselle Sophie

Personne ! Rien du tout !

Monsieur Thomas

Personne !

Monsieur le baron

Elle est bien bonne !

Vous nous dupez, félons !

Monsieur Thomas

Père, je vous assure…

Mademoiselle Margot

Papa, il n'est question de rien, je vous le jure !

Monsieur Corneille

Il est divertissant que l'on s'acharne ainsi
À cacher « rien du tout », mes chers petits amis.

Monsieur le baron

Tromperie ! Duperie ! On m'abuse, on me fâche !
Avoue !

Martin

Oh ! Ciel !

Monsieur le baron

Avoue !

Mademoiselle Margot

Oh ! Non !

Monsieur le baron

Diantre ! Les lâches !
Que veut dire, menteurs, cette plaisanterie ?
Margot soudain studieuse, et ce gueux plein d'esprit,
Et céans sots, muets et bayant aux corneilles…

Monsieur Corneille

Peut-être sommes-nous au pays des merveilles,
Où lorsque certains soirs je m'adresse aux enfants,
Une fée érudite aux mille enchantements
Leur accorde une voix spirituelle et sérieuse.

Mademoiselle Sophie

Le croyez-vous, Monsieur ? J'en serais fort heureuse !
Et je lui dirais bien bonjour !

Monsieur le baron

Ventre-saint-gris !
Des fées ! Et pourquoi pas des djinns et des génies ?
Pierre, c'en est assez ! Par tes billevesées
Tu fais croire aux enfants un lot de faussetés.
Laisse-moi éclaircir cette situation :
Elle confirme en fait que j'ai toujours raison.
Nous fûmes tous dupés par les vers de Margot,

Mais même un perroquet peut retenir des mots !
Quant à ce jeune serf, il aura répété
Un discours entendu dans un salon de thé
Où il servait.

Monsieur Corneille

Si c'est le cas, j'en suis contrit.
Mais je reste certain, pourtant, mon cher ami,
Qu'il n'est pas impossible à l'une ni à l'autre
De montrer un esprit en tout égal au nôtre.

Mademoiselle Sophie

Il n'y a pas, Monsieur, de magie et de fées ?
Cela m'attriste fort.

Monsieur le baron

C'est la réalité.

Mademoiselle Sophie

Mais n'existe-t-il pas de citrouilles magiques ?
Ou bien une marraine aux pouvoirs mirifiques,
Comme dans le joli conte de Cendrillon ?

Monsieur Corneille

Qui sait ?

Monsieur le baron

Moi, je le sais ! Et je vous réponds non.
Cela n'existe pas ; et c'est une illusion
De se rêver plus loin que sa situation.

On naît, on est, c'est tout : c'est tout, et je vous prie,
Margot, Martin, et toi, ma petite Sophie,
De ne pas écouter de telles galéjades.

MONSIEUR CORNEILLE *(à Margot, Martin et Sophie)*
Écoutez-les pourtant ; car la vie est bien fade
Si l'on ne peut songer que peut-être un beau jour
Elle sera plus belle.

MONSIEUR LE BARON
Allons, moins de discours.
Vous me vexez beaucoup. Finissons de manger.

MONSIEUR CORNEILLE
Je vous laisse, mon cher, je vais aller ranger
Mes affaires laissées dans mes appartements.
Je vous dirai adieu dans un petit moment.

(*Rideau*)

Démasquée

La rapidité avec laquelle Monsieur Corneille s'élance dans l'escalier me prend par surprise. Agrippant ma plume et mon papier, je me cache derrière un grand rideau rouge et attends que ses pas se soient évanouis dans le couloir.

Un quart d'heure plus tard, mon cinquième acte est terminé. Ça y est, j'ai fini. Et bien que je sache que mes petites scènes ne sont pas parfaites, qu'elles contiennent des vers irréguliers, des enchaînements étranges, et qu'elles sont anecdotiques et décousues – pas une tragédie, ni véritablement une comédie –, au moins, ce sont les miennes, elles m'appartiennent tout à fait et entièrement, et les acteurs qui les peuplent sont aussi vrais que nature. Malgré le départ imminent de Monsieur Corneille, la clôture de cette entreprise fait bomber de joie ma poitrine.

Dans mon enthousiasme, je me précipite dans la chambre la plus proche et noue les feuillets ensemble avec un petit ruban vert – celui, tout effiloché, qui a servi de jouet au chat. Et puis, songeuse, comme stupéfaite d'arriver à la fin d'une telle affaire, je retourne dans le couloir et m'appuie à la fenêtre, et je soupire en voyant un vol de petites hirondelles onduler dans le ciel comme un essaim d'abeilles.

Combien de temps suis-je restée là, le nez aplati contre le verre, à rêver qu'il se brise et que je m'envole au-dessus du domaine, tourbillonnant dans les airs avec les hirondelles ?

Un petit rire… oh, pas grand-chose, comme un chuintement – non, peut-être un peu plus fort tout de même –, un rire soufflé, comme si l'on cherchait à l'étouffer, parvient à mes oreilles depuis la chambre que j'ai quittée.

Lentement, je me dirige vers la porte, que j'avais laissée fermée et qui est maintenant légèrement entrouverte.

Un autre rire.

Je pousse délicatement la porte.

Monsieur Corneille est là, assis sur une chaise. Il tient entre ses mains – ma poitrine se contracte – un manuscrit, *mon* manuscrit, mes cinq actes !

Voilà qu'il lève les yeux, et son regard croise le mien. Et lentement, il dit :

– Tiens, tiens, mais qui vient là ? Es-tu servante ici ?

– Je m'appelle Marie, Monsieur.

– Marie ! Tiens donc ! La mystérieuse Marie, qui

hante ces murs et apparaît brièvement dans ce petit recueil. Je craignais que l'on me cachât une enfant boiteuse et borgne, mais je suis heureux de voir qu'il n'en est rien.

– Monsieur, vous vous méprenez, je ne suis pas de la famille.

– Qui es-tu donc, alors ?

– Je suis… Je suis… Je suis fille de servants.

– Fort bien. Cela m'apprend d'où tu viens, mais pas qui tu es.

Je cherche une réponse, n'en trouve point, reste muette. Monsieur Corneille tapote le petit tas de feuillets et m'adresse un sourire.

– Ma chère Marie, qui que tu sois, les êtres humains m'étonneront toujours. Vois-tu – bien que je n'aie pas à te le dire, bien sûr –, mon ami Louis m'a chargé il y a quelque temps de dispenser des leçons de style et d'écriture à son fils Thomas. Par amitié envers le père, j'ai enseigné au fils, mais je dois bien avouer que je n'ai pas été conquis par son talent d'écriture. Il me semblait dépourvu de sensibilité, de style et d'esprit, malgré mes calmes et patients efforts.

Une pie se pose sur le bord de la fenêtre, qui détourne un instant l'attention de Monsieur Corneille ; puis il reprend :

– Mais voilà que je trouve, tout à fait par hasard – étant entré ici pour y observer une dernière fois le domaine par un autre angle – voilà que je trouve donc, sur cette table, le manuscrit d'une petite pièce – cinq actes, du moins. Je m'assieds, je l'avise... l'écriture est simple, presque un peu enfantine dans ses boucles, les actes sont courts, parfois la rime est étrange, le rythme irrégulier de temps à autre. Mais, ma petite Marie, si tu peux lire, lis donc cette petite pièce, car elle est vraiment fort gentille. Elle est... oui, elle est amusante, et parfois même irrévérente, car elle met en scène des personnages de cette maison même. Tu en es, d'ailleurs, l'un d'eux !

Il se gratte pensivement le menton. Ancrée dans le sol comme si mes pieds avaient pris racine, je n'ose faire un mouvement, de peur de trébucher, de m'enfuir, ou d'exécuter une danse, ce qui serait impertinent.

– Ayant fini ma lecture, poursuit Monsieur Corneille, je me demande un instant quel jeune homme a bien pu rédiger cette petite comédie. Le style, le verbe ne me faisaient pas penser à mon jeune élève, et même la calligraphie me semblait légèrement différente, bien qu'il soit difficile de distinguer ces choses. Je me demandais si, peut-être, c'était l'un de ses amis, écrivain en herbe, qui aurait envoyé à Thomas ses efforts. Et voilà que je parviens à la fin, et que je trouve, coincé entre les deux dernières pages, le brouillon d'un petit pli d'amour… signé T. de R. !

Il balance entre deux doigts le petit poème, le visage illuminé par un sourire solaire.

– C'est donc Thomas de Rochecourt, le petit cachottier, qui s'emploie depuis mon arrivée à écrire la comédie de sa vie familiale ! Et à l'écrire fort joliment, il faut dire. Ah ! Ce jeune homme va entendre mes louanges, qu'il le veuille ou non ! Je soupçonne, ma petite Marie, qu'il ait fait exprès de paraître un peu benêt à l'étude pour s'opposer à la volonté de son père. Les jeunes gens sont parfois ainsi, et il vaut mieux en rire qu'en pleurer.

Pendant tout son discours, je me tiens parfaitement droite, et parfaitement coite*. Pas un seul instant Monsieur Corneille n'a évoqué la possibilité

– n'a même *pensé* – qu'il pût s'agir de l'œuvre d'une jeune fille.

Et le voilà qui tourne les pages, qui pouffe encore à telle ou telle réplique qui le divertit. Pétrifiée, je ne peux lui adresser la parole. Ma langue est de pierre, ma gorge de glace. Sans le costume de Mademoiselle Margot, sans celui de Martin, je suis un être d'immobilité et de silence.

Quand soudain, derrière moi :

– Ah ! Te voilà, Pierre ! Que fais-tu dans cette petite chambre ? Et Marie ! Que fais-tu là, vaurienne ?

– Rien, Monsieur, dis-je confusément.

Je m'enfuis de la pièce et m'agenouille derrière le rideau. La porte est ouverte, et bientôt toute la famille entre après Monsieur le baron. Une grande discussion s'engage. Monsieur Corneille, en quelques instants, dévoile l'affaire et félicite Monsieur Thomas. Monsieur le baron, qui ne s'attendait pas à un tel revirement, loue chaudement son fils.

– Vraiment, Pierre, tu le présenteras à la cour, n'est-ce pas ? redemande Monsieur le baron.

– Dès que j'en aurai l'opportunité, affirme Monsieur Corneille. Il doit être placé avec les meilleurs précepteurs ; il doit cultiver son art, développer sa connaissance du verbe et des passions humaines et, dans quelques années, il écrira des comédies et des tragédies entières. Mon cher Thomas, comme tu seras admiré, si tu travailles assez à ton œuvre !

Monsieur Thomas, durant tout ce temps, est silencieux, comme ses deux sœurs. Je m'extirpe du rideau et vais jeter un œil par la porte ouverte.

Les trois enfants de Monsieur le baron se tiennent roides comme des bâtons, écoutant le spectacle de Monsieur Corneille et de leur père, et Miss Ferguson, dans un coin, portant le petit Félicien, observe la scène les sourcils froncés. Madame la baronne, aussi indolente qu'à son habitude, est à la fenêtre.

Enfin la voix de Monsieur Thomas, faible et fluette, s'élève entre deux répliques :

– Monsieur, je dois dire que je suis bien marri que vous ayez trouvé cette petite farce, car je ne prétendais à rien en l'écrivant, et certainement pas à ce qu'elle soit lue par vous.

– Mais mon cher enfant, s'écrie Monsieur le baron, quel timide tu fais ! Monsieur Corneille te dit qu'il admire ton style et il vante tes tournures et tes rimes, pourquoi t'en défendre ?

– Père, je dis simplement que ce n'est pour moi qu'un petit amusement ; ne me forcez pas à en faire une occupation, je vous prie. Je ne souhaite pas être écrivain, moi.

– Thomas, répond Monsieur Corneille, je te prie de bien vouloir envisager pourtant cet avenir ; car il me semble que l'on doit cultiver une telle graine, lorsqu'on en est ainsi piqué. Bien sûr, pour le moment, c'est encore débutant et incertain ; mais dans quelques années, quand tu auras gagné de l'assurance…

– Et moi, je vous assure, Monsieur, dit fermement Monsieur Thomas, que je ne désire pas le faire. Je… Je serais un fripon, si je disais que… En fait, tout cela n'est qu'une… une fausse apparence, une petite farce…

Monsieur le baron et Monsieur Corneille échangent des sourires et se tapent amicalement l'épaule, comme amusés de l'émotion de Monsieur Thomas, qui continue à babiller des phrases inconstantes.

Et soudain, c'est une autre voix qui s'élève.

C'est celle, lourde d'un accent anglais que des années en France n'ont pas réussi à effacer, de Miss Ferguson.

– Messieurs, je vous prie de pardonner mon intervention.

Monsieur le baron lui jette un regard éplapourdi, mais Monsieur Corneille s'incline :

– Continuez, Madame, nous vous écoutons.

Miss Ferguson, qui est pourtant d'ordinaire aussi tranquille qu'un ruisselet et aussi solide qu'un rocher, semble trembler de la tête aux pieds. Une mèche se défait de sa coiffure et une rougeur s'empare de ses joues, lorsqu'elle déclare précipitamment :

– Messieurs, je ne peux rester de marbre face à une telle duperie. Comme Monsieur Thomas, comme Mademoiselle Sophie, comme Mademoiselle Margot, je sais que tout cela n'est qu'une mascarade. Messieurs, ce manuscrit – et je ne sais pourquoi on y a trouvé un billet signé de Monsieur Thomas – mais ce manuscrit…

Elle s'avance lentement, et Monsieur Corneille, interdit, lui tend la pile de feuillets.

– Ce manuscrit, assène-t-elle, n'est pas celui de Monsieur Thomas. Oh non ! Je connais trop bien la calligraphie de Monsieur Thomas, et de tous les autres enfants ; j'ai assisté leurs travaux d'écriture. Je connais cette écriture, je connais ce style. Et s'il était encore un doute à mon esprit, il serait dissipé en voyant la plume noire posée sur la table à ses côtés. Ce style, cette calligraphie et enfin cet objet, je les connaîtrais entre mille.

Le silence dans la pièce est si profond qu'on entend une abeille bourdonner de l'autre côté de la fenêtre. Et enfin Miss Ferguson déclare :

– C'est la plume de Marie.

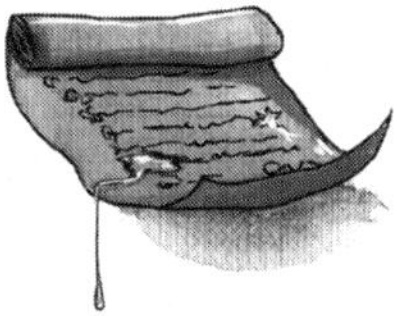

Dénouement

Je ne sais ce qui s'est passé ; je ne me souviens pas comment je suis parvenue, poussée par Miss Ferguson, au centre de la pièce. Les regards, fixés sur moi, et le mien, fixé au sol, dessinent une étrange pantomime. Je ne parviens pas à parler ; je ne parviens pas à bouger ; je suis, sans mes déguisements, un pantin de bois inerte.

Enfin Miss Ferguson reprend la parole :

– Monsieur Corneille, vous dites que l'auteur de ces lignes mérite d'être présenté à la cour ; vous dites qu'il mérite les meilleurs précepteurs, qu'il sera, un jour, un écrivain.

– Voyons, j'ai en effet dit cela, murmure Monsieur Corneille, mais il ne m'était pas venu à l'idée que ce pût être une jeune fille, et une fille de servants…

– Et pourtant vous êtes d'avis, poursuit Miss Ferguson, comme on vous l'a entendu dire, que les jeunes filles ont le droit d'avoir autant d'esprit que les jeunes hommes et que les servants ont droit à une éducation.

Monsieur le baron, fort courroucé, s'apprête à chasser Miss Ferguson, mais Monsieur Corneille l'interrompt :

– Ma foi, il est vrai que j'ai pu dire de telles choses, mais… mais…

– Mais Monsieur, le manuscrit ?

Monsieur Corneille se gratte la tête et m'observe. Monsieur le baron est noir de colère. Madame la baronne, effondrée sur une chaise, jette de pensifs regards à ses propres enfants, puis à moi. Dans son sommeil, Félicien pousse un geignement.

– Ma chère petite, murmure Monsieur Corneille à mon égard, tu as véritablement écrit ces lignes ?

Je hoche la tête et il me semble que ce simple mouvement fait vibrer la terre entière. Monsieur Corneille se mord la lèvre et poursuit :

– Tu étais Mademoiselle Margot, le premier soir, n'est-ce pas ?

Encore une fois, je hoche la tête. Les soupirs effarés de Madame la baronne et le sursaut de Monsieur le baron me donnent le vertige.

– Tu étais Martin, au soir du bal, n'est-ce pas ?

Troisième hochement de tête. Cette fois, Monsieur le baron plonge le visage entre ses mains. Monsieur Corneille opine et respire profondément.

– Louis, je dois m'en tenir à ma parole. Cette jeune… fille… mérite les meilleurs précepteurs. Elle doit cultiver son art, qui séduira, j'en suis certain, les foules parisiennes et la cour du roi. Elle ne peut être laissée ici, à languir dans les couloirs de ce château.

Il m'adresse un faible sourire, puis, sans me quitter des yeux, demande :

– Je t'implore, Louis, et avec votre permission, Madame, de me laisser prendre Marie en charge et de l'emmener avec moi à Paris, où elle sera mon élève, et où j'observerai le développement de son écriture.

Miss Ferguson ne peut contenir un éclat de rire triomphal, tandis que Monsieur le baron et Madame la baronne, comme vidés de toute substance, secouent faiblement la tête.

Enfin Monsieur Corneille s'approche de moi et me tend la main. Dans l'autre, il tient ma petite plume noire.

– Marie, si tu es d'accord, tu quitteras Rochecourt aujourd'hui même. Bien sûr, si tu ne le veux pas…

Et tout à coup ma langue se déloge, mes poumons se déplient et j'assène :

– Si, Monsieur, si, je le veux.

Monsieur Corneille sourit :

– Très bien. Va donc préparer tes malles et vêts-toi d'un costume de voyage.

– Monsieur, je n'ai rien au monde, à part un petit coffre de bois dans lequel je range mes feuillets. Quant à un costume de voyage, je n'ai jamais voyagé ; je n'ai que deux robes.

– Eh bien, emportons ce petit coffre et nous t'achèterons de nouvelles tenues à Paris.

– Monsieur, je n'ai pas d'argent.

– Considère que je t'en prêterai, répond Monsieur Corneille avec un petit rire. Tu me rembourseras bientôt, quand tes pièces commenceront à se vendre et qu'à Paris on en parlera dans les salons.

Et lentement nous sortons de la pièce, laissant

derrière nous la famille de Rochecourt – cinq statues – et Miss Ferguson, qui, je crois bien, pleure, mais je ne sais si c'est de joie ou de tristesse.

Le départ est silencieux. Par la fenêtre du carrosse, l'imposant château de Rochecourt se découpe sur le ciel pur, que rayent les oiseaux. Monsieur le baron et Madame la baronne sont restés à l'intérieur avec leurs enfants. Seules Suzanne et Miss Ferguson m'ont serrée dans leurs bras avant que je ne grimpe aux côtés de Monsieur Corneille.

Mais tout à coup, avant que les chevaux ne se mettent en mouvement, une tête apparaît dans l'encadrement de la fenêtre, et dit précipitamment :

– Écris-moi, Marie ! Tu m'écriras, n'est-ce pas ?

– Mademoiselle Margot !

Son visage est souriant, mais ses yeux sont rougis.

– Je suis heureuse de ta fortune, dit-elle, mais je suis triste aussi, car Rochecourt ne sera plus jamais pareil sans toi. Je t'aime bien, tu sais, Marie !

– Mademoiselle, je vous aime bien aussi. Je vous écrirai souvent, je vous le promets.

– Oui, je t'en prie, car la vie peut être si ennuyeuse… Je t'envie, Marie, j'envie ton avenir incertain. Je sais… je sais que je ne peux me plaindre, mais parfois… parfois je voudrais être libre et vagabonde… Marie, tu m'écriras, n'est-ce pas ? Et je viendrai te voir ? Et tu m'enverras tes pièces, n'est-ce pas ? Je veux les lire. J'aimerai le théâtre, j'en suis sûre, s'il est écrit par toi.

Je hoche la tête, les yeux embrumés, et Monsieur Corneille, près de moi, me serre la main.

– Mademoiselle, je vous promets, je vous assure que je vous enverrai tout ce que j'écris.

Elle sourit et se penche à l'intérieur pour m'embrasser. Puis elle recule, me fait un signe de la main et s'écrie :

– Comme tu me manqueras, Marie ! Quand j'aurai de tes nouvelles, j'en parlerai à tous. Je dirai : « Regardez ce que fait ma sœur à Paris ! ». Car Marie, tu es ma sœur, vraiment, même si parfois je n'ai pas voulu le voir ni l'entendre. Adieu, ma sœur ! Écris-moi !

Et alors que le carrosse s'ébranle, des larmes brûlantes viennent rouler sur mon sourire, et j'écarte le

petit rideau sur la fenêtre au fond du carrosse, pour répondre aux signes de Mademoiselle Margot, qui a été rejointe par Mademoiselle Sophie. Et mes lèvres articulent :

– Adieu, mes sœurs ! Adieu !

Je leur fais signe, et elles me répondent, jusqu'à ce que le carrosse tourne le coin de l'allée, et que rien ne soit visible derrière, et tout devant.

– Monsieur Corneille, avez-vous sur vous une mine avec laquelle je pourrais écrire ?

Il me tend, sans mot dire, un crayon et une feuille de papier. Et entre deux tressautements, j'écris, en grandes lettres maladroites et mouillées.

Sonnet à Miss Ferguson, Suzanne, Mademoiselle Margot et Mademoiselle Sophie

Mes sœurs, je pars ; je pars pour un monde étonnant
Et je pense qu'il est aussi plein d'impostures.
Il est humain, je pense – il est notre nature
D'assumer toutes sortes de déguisements.

Mais le masque et le fard, et tous nos ornements,
Nos chapeaux, nos colliers, nos corsets, nos coiffures,
Dont on serre sur nous la blessante morsure,
Je sais qu'il faut, mes sœurs, les laisser maintenant.

Car il viendra un jour où par notre écriture,
Notre esprit, nos pensées, notre discernement,
Nous briserons le sceau de notre enfermement.

Et nous ferons, mes sœurs, une littérature
Où d'un monde meilleur le reflet miroitant
Donnera l'avenir en cadeau aux enfants.

Lexique

Accointance : relation, connaissance.

Accoutumance : habitude.

Aucuns (d') : certaines personnes.

Baladin : saltimbanque, comédien.

Bâté : se dit d'un âne chargé d'un fardeau. Ici, idiot.

Battre froid : se comporter avec froideur.

Céans : ici.

Charroyer : transporter.

Cid (Le) : *Le Cid* est l'une des tragédies les plus célèbres de Pierre Corneille.

Coi, coite : silencieux, silencieuse.

Ébaubi : extrêmement stupéfait, ébahi.

Engeance : race, espèce.

Éplapourdi : estomaqué, stupéfait.

Félon : traître.

Gausser (se) : se moquer.

Gavotte : danse.

Gigolette : femme de mauvaise vie.

Gourgandine : femme de mauvaise vie.

Gueux, gueuse : mendiant, mendiante.

Heur (l') : bonheur.

Hongreline : cape d'homme.

Huis : porte d'entrée.

Icelui, icelle : lui, elle.

Ingénu : naïf, ignorant.

Irrévérence : impertinence, irrespect.

Jacquerie : révolte paysanne.

Je n'y entends goutte : je n'y comprends rien.

Ladre : voleur.

Louis : c'est du jeune roi Louis XIV (1638-1715) qu'il s'agit.

Malandrin : voleur, vagabond.

Mander : faire venir, convoquer.

Marri : triste, contrarié.

Mirliflore : homme prétentieux, crâneur.

Muche : homme ridicule.

Opprobre : honte.

Ouïr : entendre.

Pendard : criminel que l'on veut pendre, gibier de potence.

Péronnelle : jeune fille sotte et bavarde.

Peu me chaut : peu m'importe.

Pleutre : poltron, peureux.

Pourpoint : veste d'homme.

Rosser : frapper.

Roublard : astucieux, rusé.

Serf : paysan servant un seigneur.

Sis, sise : situé, située.

Sonnet : poème composé de quatorze vers, avec deux strophes de quatre vers puis deux strophes de trois vers.

Vertugadin : cercle qui fait bouffer une jupe autour des hanches.

Verve (en) : qui parle beaucoup.

Table des matières

À découvrir dans la collection Livres et égaux +

Chapitre 9

Un océan immense

Nous avons appareillé de Pointe-à-Pitre à bord du *Pacifique*, un navire négrier nantais. C'est un bateau à voiles d'une trentaine de mètres de long qui a engrangé dans ses cales du sucre brut et du café, en remplacement de la cargaison d'esclaves qu'il a débarquée sur notre île.

J'ai passé la première journée sur le pont à regarder s'éloigner, puis disparaître, la terre où je suis née. Je suis restée accoudée au bastingage autant par nostalgie que pour vomir.

Je suis la seule femme à bord, l'équipage est persuadé que mes haut-le-cœur sont dus au mal de mer. Tant mieux, car je n'ai pas l'intention d'annoncer l'heureux événement avant un bon mois. Je ne veux pas affoler Pierre trop tôt et passer pour une cachottière en déclarant ma grossesse à peine partie de Guadeloupe.

Le capitaine a attendu que mes nausées se calment pour me faire visiter son navire, en compagnie de mon époux. Sous le gaillard avant se trouvent les cuisines avec, à proximité, une vraie ferme : des porcs, des moutons, des poules et des bœufs vivants. Leur litière est déjà souillée et l'odeur est infecte. J'ai besoin d'air frais. J'ai des vertiges. Je vais m'évanouir. Je titube un peu et je manque de tomber en arrière dans les bras de Pierre. Au dernier moment, j'ai un sursaut de lucidité et ma perte d'équilibre est mise sur le compte du roulis.

– Votre femme n'a vraiment pas le pied marin !

Le capitaine s'adresse à mon mari plutôt qu'à moi. Je ne suis pas en état d'engager la moindre conversation. J'ai juste le temps de remonter sur le pont et de me pencher par-dessus bord pour rendre tripes et boyaux.

Vivre sur ce navire, ballotée en tous sens, est un calvaire pour une femme enceinte. J'imagine que la traversée est encore plus éprouvante pour les nègres enchaînés sur plusieurs étages à fond de cale.

EXTRAIT

Contrairement aux matelots qui s'entassent dans une salle commune, nous avons la chance de bénéficier d'une cabine. Les hamacs sont une vraie bénédiction, ils suivent les mouvements du bateau. C'est le seul endroit où rien ne bouge. Je crois que je vais demeurer couchée jusqu'au port de Nantes.

Je commence à m'amariner et à vaincre mes nausées : même l'eau croupie, dont il faut éliminer les vers avant de la boire, ne m'écœure plus. Je compte les jours qui me séparent de la métropole. Je marche de long en large sur le voilier, c'est mon seul exercice physique et cela permet de passer le temps. La vie est monotone, Pierre joue aux cartes avec les officiers ; le dimanche, on distribue un peu de rhum à l'équipage qui, grisé par l'alcool, entonne des chants de marins.

Je pense qu'il est temps d'ouvrir le message de ma nourrice. Je n'ai aucune idée de son contenu. Je décachette l'enveloppe avec fébrilité. L'écriture de Rose est approximative, le tracé des lettres s'apparente à du dessin malhabile. Néanmoins, après quelques hésitations, j'arrive à déchiffrer le texte. Hélas.

Pitit fi mwen, ma fille,

Cette lettre va bouleverser ta vie, mais tu vas être mère à ton tour et je te dois la vérité. Tu as la chance de quitter cette maudite terre, moi, j'y resterai jusqu'à ma mort et je ne verrai jamais l'Afrique où mes ancêtres sont nés et vivaient libres.

Avant d'être achetée par M. Blanchard, j'appartenais à un autre planteur, un méchant homme. Mon amoureux, Fortuné, habitait l'exploitation voisine, il était très beau. C'était un esclave lui aussi, un mulâtre, le fils d'une négresse de houe et d'un planteur blanc. Je portais son petit et il voulait m'épouser. Pour que cette union soit possible, l'accord de nos deux maîtres était indispensable. Le mien a refusé de donner son autorisation et il s'est débarrassé de moi quand mon ventre est devenu gros.

Après avoir été rachetée et installée sur une nouvelle habitation sucrière, j'ai accouché d'un bébé magnifique, une petite fille, une chabine, une négresse à la peau claire, aussi blanche que j'étais noire. Mais je n'avais pas été achetée pour dorloter mon enfant.

Comme tu le sais, alors que j'avais du lait pour deux petits, mon nouveau maître exigea que je délaisse ma fille pour nourrir celle que sa femme venait de mettre au monde.

Et c'est ce que j'ai fait. Je me suis bien conduite avec cette enfant, mais un matin, je l'ai trouvée immobile dans son berceau. Son visage était devenu tout bleu, elle ne respirait plus. J'étais affolée, j'ai essayé de lui frictionner la peau, en vain : elle était morte pendant la nuit. J'étais accablée. Puis, j'ai pensé à mon propre bébé. Il ressemblait à celui qui gisait sans vie dans mes bras, il était aussi blanc que lui, il avait le même âge et la même taille. Mme Blanchard ne venait presque jamais voir son bambin, elle était malade, et elle ne savait même pas comment il était fait. J'ai pensé qu'elle n'y verrait que du feu si j'échangeais les bébés.

Ce que j'ai fait est misérable, mais je t'ai offert ton unique chance de survivre et d'échapper à l'esclavage. Quand j'ai fait l'échange, tu avais déjà perdu du poids, tu souffrais d'indigestion et tu avais des convulsions. J'ai enterré discrètement le bébé du maître dans un coin tranquille de la propriété. Ensuite, je t'ai donné mon sein et tu es allée de mieux en mieux, jusqu'à guérir.

M. Blanchard n'est pas ton père…

Je suis ta mère. Tu es la fille d'une esclave noire.

Tu es blanche d'apparence, mais du sang noir coule dans tes veines. Ton enfant sera peut-être blanc comme toi, peut-être café au lait, peut-être complètement noir, comme moi.

Ne reviens jamais ici. Si ton bébé est noir et que tu reviens en Guadeloupe, ton mariage sera annulé. Les unions entre Blancs et Noirs sont interdites. Ton mari te rejettera quand il saura qu'il a épousé la fille d'une esclave. Tu seras traitée comme une négresse : tu seras enchaînée et vendue avec ton enfant sur le marché.

Profite de la couleur de ta peau pour marronner jusqu'en France et y rester. Fuis ton mari dès que tu en auras l'occasion. Il ne supportera pas de découvrir que l'enfant que tu portes n'est pas un Blanc.

Tu connais mon secret maintenant. Mon noir secret.

Je t'aime pour toujours.

Ta maman, Rose

Je n'en crois pas un mot. Je ne suis pas une négresse. Ma nourrice est folle, pourquoi a-t-elle inventé cette histoire ?

Achevé d'imprimer en République tchèque par PBtisk.